贋作（がんさく）の野

JN044342

世直し帖6

贋作の野望　罷免家老 世直し帖6・主な登場人物

来栖左膳(くるすさぜん)……神田佐久間町に住む傘張り浪人。出羽国鶴岡藩(でわのくにつるおかはん)八万石の江戸家老だった。

来栖兵部(くるすひょうぶ)……左膳の息子。神田明神下で来栖家に伝わる来栖天心流という流派の道場を開く。

大峰能登守宗里(おおみねのとのかみむねさと)…奏者番を務める鶴岡藩藩主。身贔屓がひどいことを諫言する左膳を罷免した。

次郎右衛門(じろうえもん)…左膳とは旧い知り合いの照降町(てりふりちょう)の傘問屋・鈿女屋(うずめや)の主。

河津五平次(かわづごへいじ)…関東一円に飴を売り歩く行商人を装い、探索を行っている公儀御庭番。

林田肥後守盛康(はやしだひごのかみもりやす)…御庭番を束ねる御側御用(おそばごよう)取次。

三浦屋百兵衛(みうらやひゃくべえ)…三浦半島の水夫(かこ)から身を起こし、日本橋本石町(ほんごくちょう)の廻船問屋の主人となった男。

近藤銀之助(こんどうぎんのすけ)…北町の若い定町廻り同心。見習同心の時に左膳と知り合う。

伊藤加治右衛門(いとうかじえもん)…不正が疑われた、公儀直轄地三浦半島三崎村(みさきむら)の代官。

小野川出雲守春政(おのがわいずものかみはるまさ)…葛飾村の豪農の息子から勘定奉行へ昇り詰めた立志伝中の人物。

皇雲斎(ほううんさい)(大峰宗長(おおみねむねなが))…鶴岡藩先代藩主。老中を務めあげ隠居後は悠々自適の生活を送る。

羅門甲陽斎(らもんこうようさい)…御庭番の中でも特に殺戮(さつりく)に長けた暁衆(あかつきしゅう)の頭目。

川上庄右衛門(かわかみしょうえもん)…大峰宗里の側用人。今も左膳を「御家老」と呼ぶ左膳の江戸家老時代の部下。

長助(ちょうすけ)……来栖家で二十年に亘り奉公をする男。

前田吉蔵(まえだきちぞう)……勘定所の役人。正義感の強い男。

第一章　切腹指南

一

弥生一日、江戸は桜満開である。

取り立てて良いことはないのだが、咲き誇った桜を見ているだけで心が浮き立つ。

来栖左膳は足取りも軽く神田相生町の小料理屋、小春にやって来た。

五十歳過ぎの初老ながら、髷は太く、髪は光沢を放ち、おまけに肌艶もいい。浅黒く日焼けした面差しは苦み走った男前、紺地無紋の小袖の上からもわかるがっしりとした身体つきだ。

夕暮れとあって箱行灯が淡い灯りを放ち、暖簾が風に揺れている。暖簾は浅葱色地に白字で小春と屋号が染め抜かれていた。

これから味わう酒と料理を思い浮かべただけで笑みがこぼれる。暖簾を潜(くぐ)ると店の中に入った。

「いらっしゃい」

女将(おかみ)が笑顔で挨拶をした。

小上がりに畳敷が広がり、細長い台がある。客は台の前に座り、飲み食いできるような店構えだ。先客がいて、騒ぐことなく酒と料理を楽しんでいた。

「来栖さま、今日は良い筍(たけのこ)がありますよ。それと、タラの芽もお勧めです」

女将が声をかけてきた。

「うむ、それはよい」

春の味覚を楽しめそうだ。

「筍は煮付にしますか、タラの芽は天麩羅(てんぷら)が美味しいですよ」

「筍は焼いてもらおうか。タラの芽は天麩羅で食そう」

左膳が返すと、わかりました、と女将は酒の支度をした。

春代(はるよ)という三十前後の女だ。

瓜実顔(うりざねがお)、雪のような白い肌、目鼻立ちが整った美人である。笑顔になると黒目がちな瞳がくりくりとして引き込まれそうになる。

地味な弁慶縞の小袖に身を包み、髪を飾るのは紅色の玉簪だけ、化粧気はなく紅を差しているだけだが、匂い立つような色香を感じる。

噂では夫に先立たれ、この店は死んだ亭主が営んでいたそうだ。夫は腕のいい料理人だった。春代は夫の味を守ろうと、奮闘しているのだった。

「御家老、一献いかがですか」

先客が声をかけてきた。

照降町の傘屋、鈿女屋の主人次郎右衛門である。

「いい加減、御家老はよしてくれ」

左膳は次郎右衛門の横に座った。

次郎右衛門が呼んだように、左膳は三年前の文政二年（一八一九）の卯月までは出羽国鶴岡藩八万石大峰能登守宗里の江戸家老を務めていた。

その年の正月、宗里は家督を継いで新藩主となったのだが、身贔屓がひどくお気に入りの家臣を登用し、耳障りな意見を具申する者を遠ざけた。

家中に不満の声が高まり、左膳は諫言をした。結果、宗里に江戸家老職を罷免される。宗里は、家中に留まることは許す、と恩着せがましく言ったが、左膳はそれを良しとせず、大峰家を去った。

次郎右衛門は大峰家に出入りしており、左膳や大峰家の家臣が張る傘を買い取っていた。特に左膳の張る傘は評判がよく、左膳が大峰家を去ると、住まいを世話し、傘張りの仕事を依頼している。

「これは、どうも失礼しました」

ぺこりと頭を下げ、次郎右衛門は徳利(とっくり)を両手で持つと左膳にお酌(しゃく)をした。

「春爛漫(はるらんまん)、良き日和(ひより)でございますな。傘屋にはありがたくはありませんが、桜の花を散らす雨は恨めしいものです」

次郎右衛門はほろ酔い加減のようで僅(わず)かに舌がもつれている。

「そなたと同じ思いだな」

左膳も賛同してから、ふとこんな感慨を抱くのは歳を重ねたからなのか、と自嘲(じちょう)気味の笑みを漏らしてしまった。

その後、雑談を交わしていると、焼いた筍とタラの芽の天麩羅が出た。左膳は次郎右衛門に勧めたが、

「お気持ちだけ頂戴致します。手前はそろそろ」

次郎右衛門は立ち上がった。

酔いが回ったのか次郎右衛門はよろめいた。左膳が手を貸そうとしたのを、「大丈

夫でございます」と断り、次郎右衛門は勘定を済ませて小春を後にした。

左膳は酒と料理を味わい、ふと気づくと次郎右衛門のいた席に客がいる。縞柄の小袖を身に着け、脇に風呂敷包みが置いてある。町人髷と風呂敷包みからして何かの行商人のようだ。年中、行商して歩いているようで真っ黒に日焼けしている。

男は快活な人柄のようで、春代相手に旅先で遭遇した出来事や噂話を面白おかしく語っている。聞くともなしに左膳の耳にも入り、思わず噴き出してしまった。

左膳の笑い声と数人の客が入って来て春代がそちらの相手をしたことから男とのやり取りが始まった。

男は五平次といい、飴の行商をしているそうだ。五平次は関東一帯を行商で歩いており、関八州の名産品、名物を話題に四半時程、飲み食いをした。

ふと五平次は風呂敷包みを広げ木箱を取り出した。次いで蓋を開けると、色取り取りの飴が詰まっていた。風呂敷包みには飴の入った木箱がいくつもあった。

「いかがですか」

五平次は木箱を差し出した。

「いや、わしは……」

正直、甘い物は苦手である。それに、酒を飲んでいる最中というのも抵抗を感じる。

とはいえ、この場で舐めなくとも娘・美鈴の土産にすればよい。飴を土産とは馬鹿にするな、と美鈴は腹を立てるかもしれないが、この人の良さそうな行商人の好意を無碍にはできない。

「では、ありがたく頂戴致す」

左膳は飴玉を三つ受け取り、自分の名を告げてから懐紙にくるんだ。

笑みを深めてから五平次は、「ああ、そうだ」と両手を打ち鳴らし、懐中から一枚の絵を取り出した。

大きな顔をした男が両目と眉を吊り上げ、唇をへの字に引き結んでいた。目張りを入れていることから役者を描いた浮世絵のようだ。絵の右隅に署名がある。

「東洲斎写楽……」

声に出してから左膳は小さく驚きの声を上げた。寛政年間、人気を博した多くの浮世絵を描きながら突如として姿を消した高名な浮世絵師だ。これは、写楽の代表作、「大首絵」のひとつである。

「よろしかったら、差し上げます」

五平次は言った。

「いや、このような高価な絵など」

これは貰えない、と左膳は断固として断った。

写楽に限らず浮世絵は人気がある。参勤交代で江戸詰になった地方の武士が江戸土産に買って帰る程だ。

「行商先で手に入れたのだな」

左膳の問いかけに、「そうです」と浮世絵を懐中に仕舞ってから五平次は居住まいを正して言った。

「来栖さま、切腹の作法をお教え願えませぬか……ご存じですよね」

唐突で意外な質問だ。

「むろん、存じてはおるが……」

答えに詰まってしまう。

初対面の侍にぶしつけな真似をしたと思ったのか、

「あ、いえ、こりゃ、すんません。もちろん、あたしが切腹しようっていうんじゃないですよ。切腹どころか刀も持ったことがないんですから」

と、言い訳めいた言葉を続けた後に一呼吸置いて、

「実はですね、近いうちに町内で素人芝居をやるんですよ。出し物はっていいますと、『仮名手本忠臣蔵』なんです。もちろん、全段通しってことはできっこありません

からね、いくつかの段の好いところを抜き出してやるんです。で、あたしは、塩谷判官をやるんですよ」

元禄十四年（一七〇一）の弥生、江戸城松の廊下で起きた播磨国赤穂城主、浅野内匠頭長矩の高家肝煎り吉良上野介義央への刃傷から翌十五年（一七〇二）師走、浅野家の旧臣たちが吉良邸に討入り、吉良の首級を挙げた、この一連の騒動を芝居にしたのが、「仮名手本忠臣蔵」だ。

寛延元年（一七四八）大坂の竹本座で人形浄瑠璃として上演されて好評を博し、歌舞伎にもなった。以後人気演目としてたびたび上演される。それだけに、愛好者は数多おり、芝居好きの者たちは登場人物を真似て台詞を口にしたり、更に高じると五平次のように芝居を演じたりする。

実際の出来事であった赤穂事件を芝居にするに当たり、竹本座の作者、竹田出雲、三好松洛、並木千柳は幕府の検閲を逃れるため、実名は使わなかった。すなわち、大石内蔵助は大星由良之助、浅野内匠頭は塩谷判官高貞、吉良上野介は高師直とし、時代背景は南北朝時代、江戸城ではなく鶴岡八幡宮を舞台とした。

塩谷判官が高師直の理不尽な虐めに耐えかねて刃傷事件を起こし、切腹、御家は改易に処され、大星由良之助率いる四十七士が仇討ち本懐を遂げる大筋は実際の事件通りだが、盛り込まれた挿話は架空の物語である。「仮名手本忠臣蔵」が庶民の圧倒的な支持を得たのは、武士道、忠義というよりも、理不尽にも切腹に追い込まれる塩谷判官の悲劇、塩谷家断絶によって引き起こされる愛憎劇に魅せられたのだ。

五平次が演じようという判官切腹の場は特に人気が高く、芝居小屋は厳粛な雰囲気をぶち壊しにしてはならない、と芝居途中での退席、入場を禁じている。

「ほう、塩谷判官をな」

まじまじと左膳は五平次を見つめた。

真っ黒に日焼けした角張った面差しは、優男然とした二枚目が演ずる判官とは程遠い。

「柄じゃないってのは、承知しているんですよ。でもね、酒の勢いで、見事に切腹してみせるって啖呵を切ってしまったんですよ。ところが、酔いが醒めてみると、切腹なんてしたことありませんし、ま、そりゃ、当たり前ですが、お芝居の判官切腹の場を思い出して稽古したんですが、どうもうまくいきません。で、本職のお侍から切腹の作法を勉強しようって思ったんですよ」

どうか、お願いします、と五平次は申し訳なさそうに頭を下げた。

「そうじゃのう」

左膳は五平次のために、切腹の段取りを丁寧に説明し始めた。

「着物、襦袢共に白、帯もだ。正式には仮小屋が設けられる。二間四方に柱を立て、白砂を撒いて白縁の畳を敷き、四尺四方の浅葱布を張る。切腹する者が座に着いたところで介添えの者が末期の水を盛った茶碗を三方に載せて差し出す。次いで目付役人が脇差を三方に載せて差し出す。この際、切腹する者に向かって切っ先を右、刃を内に向けて置く……」

ここまで左膳が語ったところで、

「どうもすみません。こりゃ、とっても覚えられそうにありません。それに、所詮は町内の素人芝居ですから、切腹の小屋なんて用意できませんし、切腹する判官だけじゃなくて介添え、介錯、目付、各々の作法なんてできそうにありませんので、頼んでおきながらこの辺までってことで」

五平次は何度も謝った。

「構わぬ。決して愉快な話ではないのでな」

左膳も話を切り上げた。

「いやあ、やはり、本物の切腹は違いますね」

感心しきりとなって五平次は唸った。

「もっとも、作法通り見事、腹をかき切るというのは、あまりないのが実際のところじゃ」

苦笑混じりに左膳が返すと、

「と、おっしゃいますと」

五平次は首を傾げた。

「扇子腹と申す」

「扇子腹……」

五平次は言葉をなぞった。

「つまり、脇差で腹を切ることなく、扇子を腹に当てる。すると、介錯がなされ、首が落ちる、という次第だ」

左膳は扇子を腹に当てた。

次いで、

「赤穂の四十七士、いや、四十六士も扇子腹であった、と聞く。浅野内匠頭もな」

赤穂浪士は吉良邸討入りの後、足軽であった寺坂吉右衛門が行方不明となった。行方不明については、様々な噂が飛び交った。

足軽ゆえ罰せられるのが怖くなった、という寺坂を揶揄する説、大石から討入りの様子を遺族たちに報せるよう託された、とあくまで四十七士の一員として肯定する説である。

「なんだ、そうなんですか……もっとも、本当に腹を切ったら痛いですものね」

肩を落とし、五平次は右手で腹をさすった。

「興醒めのようだな」

左膳は言った。

五平次は肩をそびやかし、

「でも、芝居の判官が扇子腹じゃ締まらないですからね。大星由良之助に扇子を渡すわけにはいきませんよ」

と、笑った。

塩谷判官切腹の場に由良之助は駆けつけ、息も絶え絶えの判官から脇差を渡される。由良之助は主君から託された血染めの脇差に高師直への復讐を誓うのである。

扇子では様にならない。

「いや、大変に勉強になりました。これで、町内の連中の鼻を明かしてやれますよ」

五平次は感謝の言葉を並べた。

「切腹も大切だが、他にも芝居で大事な点はあろう。稽古を怠るなよ」

左膳は言った。

「ところで、来栖さまでしたら、切腹なさるとしましたら、扇子腹にはなさらないのではないですか」

五平次は真顔になった。

「どうしてだ」

左膳が確かめると、

「そんな気がするのです。来栖さまはまことのお侍のような……ああ、これは失礼しました。生意気なことを申しました。お気になさらないでください」

「いや、それはそなたの買い被りだ。わしは、とてもまことの切腹などはできそうにないな」

左膳は笑った。

「では、これで」

五平次は風呂敷包みを背負い、勘定をすませて先に店を出た。

左膳も帰ろうと春代に勘定を訊いた。

すると、

「ごめんなさい……」

と、春代は詫びた。

謝罪される理由などない、と訝しんでいると、

「近頃、物の値が上がっていましてね、それで、うちのお勘定も……」

申し訳なさそうに春代は頭を下げた。

そう言えば、美鈴も米や味噌、醤油の値が上がった、と不満を言っていた。

「贋金のせいか」

左膳が言ったように、このところ贋の一両小判、一分金、一朱金が出回っているそうだ。

「そうなのです」

「値が上がるのは、そなたのせいではない。ならば……」

左膳は財布を取り出し勘定を払おうとした。代金は二十二文、なるほどこれまでより二文程高い。値切る気などなく左膳は二十二文を支払った。

銅銭だから贋金の対象ではない。それでも、春代は左膳を信用しないのではありませんよ、と断りながら一枚一枚慎重に確かめながら受け取った。

贋金造りは極刑が科せられる。通貨を発行する幕府への反逆行為と見なされるばかりか、世の中を混乱させるからだ。特に江戸や京、大坂などの大きな町で通貨の信

用が落ちれば物の流通に大きな支障が生じる。

もちろん春代は贋金造りを疑われはしないだろう。だが、贋金を受け取ったり使ったりしても罪に問われるのだ。たとえ、気づかなかったとしても許されはしない。

小春の売上に贋金が混じっているとわかれば、誰から受け取った、何処で手に入れた、などと厳しい詮議を受ける。このため、贋金ではないか確認するという面倒な手間が生じ、小春に限らず商いに支障をきたしている。

「勘定所のお役人さまが贋金の出所を探っておられるそうですよ。それはもう厳しく……」

春代によると、贋金が出回りやすい盛り場や賭場に立ち入って通貨を検めているそうだ。

「人の迷惑を考えぬ……いや、楽しむ不届きな輩がおるものだな。煩わしいが用心に越したことはない」

左膳は財布を小袖の袂に仕舞った。

「来栖さまこそお金に無頓着ですから、くれぐれもご用心なさってくださいね」

春代に注意され左膳は表に出た。

春の夜はなんとなくなまめいた夜風が吹いている。

二

左膳は小春での五平次のことが気にかかったが、自宅に足を向けようとしたところで、

「何者！」

甲走った声が聞こえた。

只事ではない、と左膳は声の方に向かった。月のない闇夜とあって、足元を気遣いながら小走りとなる。

ぼんやりと柳の並木が陰影を刻み、夜風に枝を揺らしている。柳の前で黒小袖、黒の裁着け袴という黒装束の者たちが男を囲んでいる。

彼らは黒装束というだけではなく、異形の様子だ。天狗の面を付けた者、二本の短刀をお手玉のように操っている者、宙返りをする者、青龍刀の切っ先を口に呑む者、そして夜空に向かって火を噴く者がいる。

軽業師たちか……。

彼らに囲まれた男は、なんと飴売りの五平次であった。

飴売りを五人の男が襲おうというのか――何故だという疑問はとりあえず胸に仕舞い、左膳は駆け寄った。

抜刀し、

「やめろ」

と、怒鳴りつける。

五人の一人、青龍刀を呑んでいた男が左膳に襲いかかってきた。

腰を落とし、左膳は大刀を大上段に振り上げた。

男は青龍刀を構えるや右手だけで柄を持ち、左膳めがけて投げてきた。

咄嗟に左膳は下段から大刀を斬り上げた。白刃が敵の刃とぶつかる。青龍刀は夜空に弧を描いた。

刀を投げるとは意外であり、やはり、武士ではないのか。

左膳が訝しんだところで天狗面が石礫を投げた。咄嗟に腰を落とすと頭上を通過し、背後の柳にぶつかった。

すると奇妙な音を立てた。

視線を向けると石礫が柳の幹で動いている。

石礫ではなく独楽であった。独楽の軸が幹に刺さり、回転しながら幹に食い込んでいるのだ。

一体、何者だと左膳は改めて敵を見据えた。

天狗面が一歩前に出た。左膳は男の動きを見定め大刀を八双に構える。

敵はまたしても独楽を投げてきた。

左膳は大刀で独楽を払い除けた。独楽は地べたに落ちてもしゅうしゅうと音をたてながら回り続ける。

その間にも左膳は敵との間合いを詰め、天狗面の男に斬りかかった。男はばったり倒れ自身が独楽のように横転し、逃げ去ってゆく。

残る敵に向かおうとしたところで、柳の木陰から黒覆面の男が現れ、

「引け！」

と、命じた。

頭目のようだ。

五人が素早く立ち去った。

一人、頭目のみが残り左膳を睨んだ。覆面から覗く眼光は鋭く、頭頂が尖っている。

なんとも不気味な雰囲気を漂わせていた。

左膳は迷うことなく突きを繰り出した。

来栖天心流、「剛直一本突き」である。左膳が編み出した剣法で、強烈な突き技であると同時に左膳の一本気な人柄が重ねられてもいる。

ところが、敵はさっと腰を沈め大刀の切っ先をかわした。

男の頭上をかすめた大刀を素早く引き、再び剛直一本突きを繰り出す。敵は後方に飛び退る。間髪容れず、左膳は追いかけたが、男は腰を屈め、左膳を見据えたまま退却してゆく。背後を窺いもせず、左膳が追いつけない程の速度を保ったまま闇に消えた。

「何者だ……」

怪しげで異形の技を使う者たちだ。只者ではない。

左膳が納刀したところで、

「ありがとうございます」

五平次が近づいて頭を下げた。

「礼はよい」

黙って、事情を訊く。

五平次は考えあぐねていたが、

「拙者……」

と、行商人とは思えない武家言葉を口にした。

左膳は身構えた。

五平次は続けた。

「公儀御庭番河津五平次と申します。貴殿、鶴岡藩の元江戸家老、来栖左膳殿ですな」

左膳は静かにうなずき、

「なるほど、聞いたことがある。公儀御庭番は諸国を巡る際に飴の行商人に扮すると」

五平次は苦笑を浮かべた。

「小春で訊いた、切腹の作法、あれは酒の上での座興ですかな」

改めて左膳は問いかけた。

「いいえ……」

力なく五平次は答えた。

「深いわけがありそうですな」

踏み込むことは遠慮しなければ、と左膳は思った。左膳に切腹の作法を問いかけたのは、公儀御庭番の役目に関わるに違いないからだ。今の襲撃も御庭番としての役目が原因に違いない。

「拙者、しくじったのです」

五平次は相模のさる村に潜入したそうだ。村で行われている不正の実態を確かめたのだ。具体的な村とその村を治めている大名の名前は語らない。確かめるのは慎むべきだ。

「不正を証拠立てる文書と品を入手したのです。しかし、その大事な文書と品を盗まれてしまった……。拙者、その責任を取り林田肥後守さまの面前で切腹をして果てようと思った次第です」

五平次は御庭番といっても仲間と違って、足軽の出という。役目成就の暁には士分への取り立てが約束されていたそうだ。足軽同様の身ではあるが武士への憧れから作法に則った切腹をして果てようと思ったのだった。

御庭番を束ねるのは将軍の側近、御側御用取次である。林田はその任にあるのだろう。

御側御用取次は八代将軍徳川吉宗が設けた。吉宗は五代将軍綱吉における柳沢吉保、六代将軍家宣、七代将軍家継における間部詮房のように側用人が権勢を振るうのを警戒して側用人を廃止し、御側御用取次を新設した。その名称通り、あくまで将軍の御用を老中に取り次ぐのが役目で禄高も数千石の旗本である。

しかし、九代将軍家重が言葉に不自由であったため、御側御用取次の重要度が増し、いつしか側用人も復活すると、御側御用取次は側用人への登竜門となる。御側御用取次で実績を上げ、将軍の信頼を得れば側用人に昇進できるのだ。

「すると、貴殿を襲ったのは貴殿が潜入した御家の手先なのか」

具体名が不明のため、まどろこしい問いかけをすると、

「おそらくは……いや、まさか暁……」

五平次の目が戸惑いに揺れた。

「違うのですか……今、暁と申されたな。暁とは人の名でござるか」

思わず左膳は立ち入ったことを訊いた。

「あ、いえ、その……なんでもござりませぬ。拙者の思い違いです」

言い辛いのだろう。

左膳も問いは重ねず、

「まずは、林田殿に探索と今夜の襲撃の委細を報告し、しかる後に沙汰を待つのがよろしかろう。切腹するせぬは林田殿の沙汰次第ですぞ」

軽挙妄動を諫めた。

「それはその通りとは存じますが……」

五平次の口調は曖昧に濁った。

「御庭番の内情、貴殿の探索の詳細を存ぜぬゆえ、今申したこと以外、賢しらに物は申せぬ」

「いや、来栖殿を巻き込むわけにはいきませぬ」

五平次は一礼すると、闇の中に消えた。

左膳はぼんやりと五平次を見送った。


自宅に帰った。

神田佐久間町、敷地二百坪の屋敷内には母屋、物置の他に傘張り小屋がある。その名の通り、傘張りに勤しむための小屋だ。

今夜は作業するつもりはないが左膳は小屋を覗いた。

暗がりの中、板葺き屋根、中は小上がりになった二十畳敷が広がっている。戸口を除く三方に格子窓が設けられ、風通しを良くしていた。畳敷きには数多の傘骨が転がっていた。それを見ながら明日の段取りを頭で算段する。

徳川の世以前、頭に被る笠と蓑で雨を凌いでいたが、今では傘を差す習慣が広まった。当初は高級品で庶民の手には届かなかったが時代を経るに従って値段が下がる。更に使い古された傘の油紙を剝がし、骨を削って新しい油紙に張り替える、張替傘が出回るようになって庶民の日常品となった。

左膳のような浪人に限らず、台所事情の苦しい武士たちで傘張りを内職とする者は珍しくない。

左膳の張る傘は評判がよく、注文が途切れることはない。連日傘問屋鈿女屋から油紙の破れた古傘が届けられる。

鈿女屋は大峰家に出入りしており、主人の次郎右衛門は左膳を尊敬し、この屋敷を提供してくれたのだった。

明日の傘張りを確認してから母屋に向かった。

居間に入ると美鈴がお茶を持って来た。

美鈴は二十歳、薄紅地に桜を描いた小袖がよく似合う。瓜実顔は目鼻立ちが整い、武家の娘と相まってとっつきにくそうだが、明朗で気さくな人柄ゆえ、近所の女房たちとも親しんでいる。

女房たちは人柄ばかりか美鈴の学識に感心し、子供たちに手習いを習わせていた。

美鈴も子供好きとあって、手習いの指導ばかりか、一緒に遊んでもいた。

「父上、お酒は程々になさってくださいね」

美鈴の気遣いはわかるが耳に痛い。生返事をすると美鈴は肩をそびやかした。

「ああ、そうじゃ、これを」

懐紙に包んだ飴を美鈴に見せた。

「子供扱いをしておるわけではないぞ」

左膳は言い訳めいたことを口にしてしまった。

「そんなことは思っていません。それよりも、父上が飴とは意外な取り合わせですね」

美鈴はくすりと笑った。

「なに、わたしとて偶には甘い物、と思ったのだが、やはり、どうも甘い物は苦手でな」

左膳が言うと、

「残り物ですか」

不満そうな物言いだが、美鈴は不機嫌ではない様子だ。

左膳はふと、

「傘張りでもするか」

つい今しがたの刃傷沙汰で波立った気持ちを鎮めるには、落ち着いた作業がいいだろう。明日の段取りを頭に描いたが、眠れそうにない。

「夜なべですか」

美鈴は訝しんだ。

「急ぎの分があるのでな」

刃傷沙汰のことは黙って左膳は傘張り小屋に向かった。


行灯の灯りを灯すと奉公人の長助が入って来た。

来栖家に二十年以上奉公している年齢不詳の男である。無駄口を叩かず左膳を手伝い、機転も利く重宝ぶりには助けられている。何処の武家屋敷でも奉公が叶うだろうが、左膳が大峰家を去った後も当然のようについて来た。面と向かって言い立てないが実に義理固い、忠義ぶりだ。

「いや、よい。おまえは休め。わしだけで十分だ」

左膳は気遣ったが、

「手伝いますだ」

長助は作業を始めた。

「すまぬな」

左膳も作業を始めた。始めたものの、五平次のことが気にかかり、集中できない。そのために油紙を張り損なうことを繰り返した。

「旦那さま、お疲れでしょう。やっときますので、お休みください」

見かねたように長助は言った。

「いや、大丈夫だ」

左膳は意地を張った。

しばらく傘張りの作業を続けた。すると、集中力が生じ、五平次のこともいつの間にか脳裏から消え去った。

半時程（はんとき）、作業を続けると引き戸で大きな音がした。長助がはっとして立ち上がり、引き戸の側（そば）に寄る。

「どちらさんでしょう」

慎重な物腰で長助は声をかけた。

「飴売りの五平次です」

息絶え絶えの声が返された。

長助は左膳を見た。

左膳はうなずく。

長助が戸を開けた。

五平次はよろめくや小屋の中に倒れ込んだ。背中から血が流れている。左膳は長助と共に五平次を担ぎ上げ小屋の真ん中に寝かせた。

「焼酎と蒲原(かんばら)先生だ」

左膳は長助に命じた。

それから、

「いや、焼酎はよい、蒲原先生を呼んでまいれ」

と、慌てて命じ直した。

蒲原は腕が良いと評判の金創医(きんそうい)である。

長助は引き戸から出て行った。

「来栖殿……」

五平次は事情を話そうとしたが、

「黙っておれ、今は治療が先だ」

左膳はきつく言い置き、小屋を出ると母屋の台所に向かった。

「父上、何事ですか」

美鈴が危機感を抱きながら左膳の前に立った。

「知り合いが斬られた。傷口を洗う焼酎を用意してくれ」

左膳は傘張り小屋に戻った。

五平次の着物を脱がせると肩から背中に刀傷が走っていた。

蒲原が背中の傷を縫った。十針も縫う重傷であったが幸いにも命に別状はないそうだ。

「かたじけない」

五平次は盛んに礼を言ったが、

「まずは、ゆっくりと休むのだ」

左膳は母屋の一室で休ませることにした。美鈴が危うげな顔で経緯(いきさつ)を知りたそうだが、差し出がましいと思ったのか、何も言わずに五平次の世話を受け入れた。

三

明くる二日の昼、左膳の息子兵部は剣術道場で稽古をしていた。左膳が傘を納める傘屋の鈿女屋が用意してくれた神田明神下にある一軒家だ。来栖天心流を指南しているのだが、道場経営は楽ではない。

来栖天心流という江戸では聞きなれない流派であるのと、兵部の稽古が厳し過ぎ、せっかく入門しても数日と保たずに辞めてゆくのだ。

兵部は狭い場所で威力を発揮する来栖天心流に不満を抱き、大胆に剣を振るう剛剣に取り組んでいる。

道場破りなどもやって来る。大抵の道場が適当な路銀を渡して帰ってもらうのに、兵部は腕が試せる好機だし、様々な流派の剣を知ることができると歓迎し、遠慮なく打ちのめしてしまう。

こんな融通のなさも道場の門人が増えない原因だった。

二十七歳、六尺近い長身は道着の上からもがっしりとした身体つきだとわかる。肩は盛り上がり、胸板は厚く、首は太い。面長で頬骨の張った顔は眼光鋭い。眦を決して稽古に勤しむ姿は、剣を究めようという求道者の如きであった。

しかしそんな兵部の道場にも門人が居つくようになった。大家である鈿女屋の主人、次郎右衛門から紹介された者たちだ。いずれも町人である。江戸では、面、籠手、胴といった防具を身に着けて稽古をする中西派一刀流や直心影流の道場が隆盛を極めている。防具、竹刀での剣術稽古とあって町人たちも敷居が低く感じ、入門者が増えているのだ。

そうした剣術好きの町人を次郎右衛門が斡旋してくれ、兵部も町人相手に剣を究める気負いもなく指導できるとあって、門人を抱える道場主となっているのだ。

鈿女屋の主人次郎右衛門がやって来た。

「なんだ、何か悪い話か」

兵部は問いかけた。

「ご挨拶でございますな。それでは、手前は疫病神みたいではありませんか」

次郎右衛門は苦笑した。

「いやいや、次郎右衛門殿は福の神だ。で、なんだ」

改めて兵部は問いかけた。

「兵部さまはお断りになってもいいんですよ」

と、わざわざ前置きをした。

「気を持たせて、なんだ」

兵部は失笑を漏らした。

「用心棒なんですよ」

答えてから次郎右衛門は、「お断りになってもいいんですよ」と繰り返した。次郎右衛門にとっても気が進まない申し出なのだろう。

「断る」

兵部は告げておいて、

「と、おれが断るのを見越していたということは、おまえも気が進まないのか」

そう、次郎右衛門の心中を察した。

「まあ、その、よくぞお見通しでございますな」

次郎右衛門は感心し、やめておきます、と申し出を取り下げたが、

「面白そうじゃないか。話だけでも聞こうか」

兵部は言った。

「では」

次郎右衛門は空咳(からせき)をこほんとひとつしてから語り始めた。

「依頼なさっておられるのは、日本橋本石町（にほんばしほんごくちょう）の廻船問屋（かいせんどんや）三浦屋（みうらや）さんのご主人、百兵衛（ひゃくべえ）さんです」

鈿女屋は三浦屋に置き傘を提供しているそうだ。置き傘とは突然の雨に降られた来客に商家が貸し出す雨傘である。傘には商家の名と屋号が書かれており、店の宣伝にもなった。

三浦屋百兵衛は近頃よくない者から命を狙われているのだそうだ。

「どうして命を狙われておるのだ」

兵部の問いかけに次郎右衛門は左右を見回し、誰もいないことを確かめてから、

「百兵衛さんは、一代で廻船問屋を築いた御仁（ごじん）なんです。もとは、三浦半島の水夫（かこ）だったそうなんですがね、まあ、一代で大きな財を成しただけあって、相当に強引なことをなさってきたようなんですね。それで、その過去の因縁（いんねん）で仕返しをしてやる、と脅しの文（ふみ）が届くようになったのだとか」

肩をそびやかし次郎右衛門は言った。

「昔の仲間……から脅されているということか。どんな仲間だ。やくざ者か」

兵部は首を傾げた。

「そこんところははっきりとはおっしゃらないんですがね……ただ、これはあくまで

も噂なんですが、百兵衛さんは、若い頃、海賊だったそうなんですよ」

言ってから次郎右衛門は自分の口を両手で覆った。

「海賊……」

噴き出しそうになった。

泰平の世に海賊などあまりにも違和感がある。日本で海賊というと戦国の世に暴れ回った倭寇が思い浮かぶ。

倭寇とは日本人海賊たちが中国大陸の沿岸やフィリピン、インドネシアに至る地域を通過する交易船を襲って、諸国、特に当時の明王朝に大きな被害をもたらした。当初は日本人が中心となっていたのだが、やがて明国人、朝鮮人が中心となって更なる猛威を振るった。明国の商人であった王直は倭寇の頭目となり、日本に鉄砲をもたらした、と言われている。

しかし、豊臣秀吉の海賊禁止令、明国の海賊討伐を経て衰退していった。

徳川幕府開闢後、天下泰平が続く日本では大きな海賊などは出没していない。それでも、ご禁制の抜け荷に携わる海賊まがいの者たちは存在する。

百兵衛は抜け荷で大儲けをしていたということか。

「とにかく、若かりし頃のお仲間が仕返しにくるそうなんですよ」

仲間は代官所の厄介になって遠島になったのだが、今回、赦免船が出て帰ってきたそうだ。

しかし、この話は不確かなもので、「もし本当のところを知りたいのなら百兵衛本人に確かめた方がいいですよ」と次郎右衛門は言い添えた。

水夫であった頃の百兵衛の経歴はともかく、百兵衛が成功していることを知り、嫉妬に駆られてかつての仲間が脅してきたということらしい。

「いわば、身に覚えのない逆恨みをされている、ということなんですよ」

百兵衛について曖昧な知識しか持っていないことを誤魔化すように次郎右衛門は声を大きくした。

「ふ〜ん」

兵部は顎を掻いた。

「手前もですな、百兵衛さんから依頼された時、お断りをしようと思ったのです。しかし、どうしても、用心棒を探してくれ、と懇願されましたので……ですが、用心棒をあてにしたお侍さまに断られた、と申せばいいことなのですから、お断りしましょうかね」

申し訳なさそうに次郎右衛門は上目遣いになった。

兵部はにんまりと笑い、

「いいよ、引き受ける」

一瞬の沈黙の後、

「まことですか」

半信半疑の様子で次郎右衛門は目を大きく見開いた。

「面白そうじゃないか」

いかにも兵部らしく児戯たっぷりに返した。

「兵部さまがご承知なさるのでしたら、手前は百兵衛さんにお伝えします」

表情を明るくして次郎右衛門は言った。

「頼む」

兵部は言った。

「念のためですが、手前は百兵衛さんから特別にお金は頂戴しません」

次郎右衛門は右手を左右に振り、嘘偽りではないことを強調した。

「おまえを強欲だと批難するつもりはないよ」

兵部は笑った。

二日後の四日の昼、兵部は日本橋本石町にある三浦屋にやって来た。間口二十間の堂々たる店構え、屋根は真新しい瓦が葺かれ、日輪の光を弾いている。

母屋の客間に通され、待つ程もなく百兵衛がやって来た。

水夫から一代で廻船問屋を築いたとあって、どんな強面かと想像していたが、目の前に現れた百兵衛は中年の優男であった。細面で鼻筋が通り、口元に笑みを浮かべ、いかにも商人らしい物腰の柔らかさを湛えている。

「来栖先生でいらっしゃいますな」

笑みを浮かべ百兵衛は語りかけてきた。

「用心棒になってもらいたいそうだな」

即座に兵部は本題に入った。

「お願い致します」

笑みを消し、厳かな顔で百兵衛はお辞儀をした。

「どのようにすればよいのだ。日がな一日、そなたの側に貼り付くわけにはいかぬ。貧乏道場ではあるが、門人を何人か抱えておるのでな」

兵部の言葉に、

「ごもっともです」

大きく百兵衛はうなずいてから、

「本日の夜より三日の間だけでよろしいのです」

「ほう、三日か」

意外な思いで問い直した。

「それで、五十両ということでいかがでございましょう」

早速の金額提示を百兵衛はした。

「法外ではないか。過分に過ぎると思うがな」

兵部が遠慮すると、

「やはり、来栖先生は正直なお方でございますな」

にこりとして百兵衛は五十両を差し上げると繰り返した。

「では、具体的な事実を教えてくれぬか」

兵部は問いかけた。

「あたしの噂を耳になさったと思います」

百兵衛は笑みを深めた。

噂の真偽はともかく百兵衛という男、かなり面（つら）の皮が厚い。一介の水夫から廻船問屋の主（あるじ）となったのは幸運ばかりではないのを窺わせる。

「聞いた。海賊だったそうだな」

　兵部らしい遠慮会釈のない答えをした。

「これはまた、ずけずけと」

　手を叩いて百兵衛は笑った。

「ほう、やっぱり本当だったのか。いや、痛快だな。ひとつ話してくれよ。海賊話をな」

　兵部も両手を打ち鳴らした。

「海賊……何を以て海賊とするのかで変わってきますが、あたしは一介の水夫でした。若い頃は無鉄砲なこと、荒らくれたこともやりましたよ。何しろ、海ってやつは機嫌がいい時ばかりじゃありませんからね。鬼のような形相になることが珍しくはない。そんな海よりも怖い船主さまもいますからね。お人好しじゃ務まりません。でもね、人さまの船に押し入り、品物を奪うというようなことはしませんでしたよ。むしろ、そうした連中を懲らしめてやりました」

　相模の海に船を乗り出し、海賊まがいの悪行を行う者たちを見つけると、百兵衛は船を乗りつけ、そうした者たちを懲らしめたのだとか。

「勇ましいなあ」

小袖から覗く百兵衛の腕は柔和な面差しとは対照的に隆々とした肉づきである。若い頃はさぞや喧嘩が強かったに違いない。

「ですから、随分と恨みを買ったのですよ」

笑顔だが百兵衛の目は笑っていない。

「昔の仲間、遠島になった者たちが仕返しにやって来るらしいな」

嫌な問いかけを承知で兵部は言った。

「仲間……そうですな」

百兵衛は冷笑を放った。

「どうした」

「あの連中はあたしを殺そうとしたのです」

冷たい口調で百兵衛は言った。

「そりゃ、不穏（ふおん）だな」

さて、本題に入ったな、と兵部は身構えた。

「簡単に申しますと、あいつらの悪事をあたしが暴（あば）いたんです。その逆恨みですな」

さばさばと百兵衛は言った。

「興味深いな」

兵部は半身を乗り出した。

四

百兵衛は三浦半島の三崎村で水夫をしていた。漁師ではなく、荷船を操り、房総と往復をしていた。百兵衛一人ではなく、仲間に勘吉、峰蔵、熊次郎の三人がいた。百兵衛は行く行くは廻船問屋を営むことを夢見て懸命に働いていた。

ところが、彼らの行く手に現れる海賊がいた。海賊と言っても戦国の世に大胆に暴れ回った倭寇とは程遠い小悪党である。目をつけた荷船に乗り移り、荷の一部を奪い取って逃げ去るというものだ。刃物を振り回し、火を付けると脅して荷物を略奪していたのだ。多人数ではなく、五、六人の元は漁師であった。

漁村でいさかいを起こし、漁に出られなくなって食い詰めた者たちである。

海賊行為を見つけたら百兵衛たちは海賊たちに近づき、追い払った。荷船の水夫たちから感謝された。

そんなある日、嵐で海賊船が三浦半島の砂浜に難破をした。海賊たちは海の藻屑となったようだった。海賊船には米や酒の他に千両箱が五つあった。勘吉や峰蔵、熊次郎は略奪品をねこばばしようとした。しかし、百兵衛は代官所に届けるべきだと反対した。

「ふ〜ん、あんた、ずいぶんと出来た男なんだな」

皮肉と勘繰(かんぐ)りを込めて兵部は語りかけた。

「見くびってはいけません。あたしはこれでも清廉潔白(せいれんけっぱく)な男なんですよ……」

てらいもなく百兵衛は胸を張った。

「そりゃ、お見それしたな」

百兵衛は笑った。

兵部も自嘲気味な笑みを浮かべ、

「正直言いますとね、恐かったんですよ。海賊の略奪品をねこばばなんてことをしたら、誰にも知られないってわけにはいきませんよ。黙ってたってばれます。見たこともない大金を手にしたら、浮かれた暮らしをするようになるんです。勘吉たち三人は海賊船の荷や千両箱を見たら、これで働かなくてすむ、船なんか乗らなくてすむんだって、遊んで暮らすつもりだったんです」

狭い村、急に派手な暮らしをしたら目立つ。村から出て行ったとしても、難破したのが海賊船だとわかれば代官所は略奪品がないのと結び付け、追手をかける。

「お上の目は誤魔化せない、とあたしは三人を説得して品々と千両箱を三崎村の代官陣屋に届けたんです」

しかし、勘吉たちは納得しなかった。陣屋に運ぶ途中で千両箱を奪い、逃亡を図った。

「欲に目が眩んで浅はかなことをしたもんですよ」

百兵衛は吐き捨てた。

「三人はお縄になったんだな」

兵部が確かめると百兵衛はうなずき、

「代官陣屋でわかったんですが、海賊が奪った千両箱は伊豆の豪農たちが上野寛永寺に奉納する御用金であったんです。お代官さまに大層感謝されました」

「それは、よかったな。で、三人はどうなった」

「三人は三宅島に島流しになりました」

「あんたは、代官から褒美でも貰ったのか」

「あたしは、お代官さまから褒美を頂きました。五十両です。そんな大金、手にしたことはなかったので、うれしかった半面、仲間は島流しになって、ずいぶんともやもやしたもんですよ。で、あたしは正直者だって評判が立ちましてね、大きな廻船問屋から仕事を回されるようになりまして、それで……」

「商いに精進して大きな廻船問屋の主になったってわけか。立志伝中の人物だな、あんたは」

からかっているんじゃないぞ、と兵部は真顔で言い添えた。

「それなのに、勘吉たちはあたしがこっそりと千両箱を盗んだと勘繰っているんですよ」

三人はそんな因縁をつけてきたのだそうだ。

「突っぱねてやればいいじゃないか」

いかにも気安く兵部が言うと、

「そうも考えたんですがね。あたしは、なんだか仏心が起きましてね、昔は一緒にやって来た仲間、魔が差して島流しになってしまった連中に施してやろうって思ったんですよ」

百兵衛はしんみりとなった。

「それなら、おれを用心棒に雇うこともあるまい。三人が望むこと、おそらく金だろうが、金をやって手切れをすればいいじゃないか」

兵部は言った。

「ですから、その三人が自分たちの財宝を元にあたしが財を成した、と勝手に決め込んでいるというわけですよ」

百兵衛は困った連中だと頭を抱えた。

「襲撃してくる者がわかっているのなら、用心棒など雇わなくとも町奉行所に訴えればよいではないか」

兵部は疑問を口にした。

「ところがですよ、何度もお願いしたのですが中々動いて頂けないのです」

具体的な被害が出ていないため、町奉行所は動きたがらないのだとか。

「それとですよ、あたしは町奉行所じゃえらく評判が悪いんですよ」

悪びれもせず百兵衛は自分の顔を指差した。

「ほう」

兵部は眉根を寄せた。

「勝手極まる噂話のお陰でございますよ。今、話したことですよ」

巷間流布(こうかんるふ)されている三浦屋百兵衛は海賊の財宝を奪い、仲間を役人に売った汚い男という悪評が高まっており、町奉行所にもそんな悪党を野放しにしていいのか、という抗議が連日に亘(わた)って押し寄せているそうだ。

それどころか、町奉行所の同心たちは三浦屋から賂を受け取っているのではないか、ということまで書き立てる読売もあった。

「しかし、そんな悪評に右往左往するのは奉行所の名折れだろう」

兵部は町奉行所の弱腰をなじった。

「その通りなんですがね……」

百兵衛は暗い目になった。

「なんだ、何かありそうだな」

兵部は目を凝らした。

百兵衛は舌打ちをしてから語り出した。

「それがですよ、町奉行所によると三人を乗せた赦免船は嵐で難破し、一人も生き残っていない、ってことなんですよ」

疑わしそうに百兵衛は言った。

「南町奉行所は三人が死んでいるんだから、おまえを脅したり、仕返しなどしないと言っているんだな」

兵部の言葉に百兵衛は首を縦に振った。

「まったく、ろくに調べもしないで……これじゃあ、三浦屋百兵衛に死ねって言っているようなもんですよ」

百兵衛は他人事（ひとごと）のように苦笑した。

「そなたは三人が生きている、と確信しておるのだな……して、そのわけは」

「文に、三人とあたししか知らないことを記してきたんですよ」

「それは、どんなことだ」

兵部が踏み込むと、

「馬鹿なことですよ」

言いたくないようで百兵衛は曖昧に誤魔化した。

「ま、ともかく、引き受けたからには用心棒の仕事をやる。三日間でよいのか。三人はそなたをつけ狙うのであろう。ならば、執念深く狙い続けるのではないのか」

兵部は問いかけた。

「この三日が勝負なのですよ」

言葉に力を込め百兵衛は返した。

「ほう、それは」

興味が募（つの）った。

「三人と会うのです」

「そうなのか」

どうも要領を得ない。

「勘吉、峰蔵、熊次郎の順で会います。その場に来栖先生について来て頂きたいのですよ」

百兵衛の申し出に、

「それは構わぬが、三人と会う事情を聞かせてくれぬか」

「一人ずつと決着を付けたいのですよ」

百兵衛は目を凝らした。

「金を渡すのか」

「そのつもりです」

「それで解決するのだな」

兵部は念を押した。

「解決させますよ」

自分に言い聞かせるように百兵衛は言った。その物言いには不穏なものを感じざるを得ない。

「もし承知しなかったら……おれに斬れ、と言いたいのか」

わざと明るい口調で問いかけた。

「承知っていいますかね、奴らが逆上して刃物であたしを襲うようなことになったら先生に守って頂きたいんですよ。何しろ、血の気の多い連中ですからね。ですから、三人と一緒には会わないんです。三人一緒だと、奴ら結託してあたしを脅し上げて、底なしに金をふんだくる気になるでしょうからね」

「ふん、おれを刺客に雇うということか」

兵部は表情を強張らせた。

「いいえ、滅相もない。相手はあたしを脅すような輩ですよ。ひょっとしたら、性質の悪い者を連れて来るかもしれないんですよ。ですから、あたしはおっかなびっくりの思いで、そうですよ、怯えながら心細い思いで出向くことになるんですからね。申しましたように、あいつらが逆上して刃物を振り回したり、性質の悪い輩が暴れ回った場合のための用心でございますよ」

百兵衛は両手を合わせた。

「ま、いいだろう」

ともかく引き受けたからには、用心棒を行おう。

その日の夜、兵部は三浦屋にやって来た。すぐに兵部は百兵衛を守り、勘吉との待ち合わせ場所である柳森稲荷に向かった。

神田川に沿って連なる柳原土手の一角に所在する柳森稲荷は、富士信仰に基づいて富士山を模して造られた人造富士、すなわち富士塚がある。このため、昼間には富士山を信仰する参拝者で賑わっていた。

日が落ちてからは柳原土手に出没する夜鷹が客を取ることもあった。

今夜は夜鷹の姿はない。

霞がかった夜空に浮かぶ夕月の頼りない明かりに照らされた境内は薄暗く、百兵衛は提灯を左右に振って、

「勘吉……百兵衛だ」

と、呼ばわった。

返事はない。

二度、三度と呼ぶも勘吉の応答はなかった。

「まだ来ていないようだな」

兵部は言った。

「だらしのない野郎でしたからね、それは今も直っていないようですよ」

百兵衛は舌打ちをした。

「しばらく、待つとするか」

兵部が言ったところで、

「あれ」

百兵衛は頭を捻った。

「どうした」

兵部も訝しむ。

「あそこに」

百兵衛は賽銭箱（さいせんばこ）のあたりに提灯を向けた。提灯の灯りは届かないが、夜目に慣れてみると人が横たわっているのがわかった。百兵衛は近づいた。

提灯で男を照らし、しばし、見入った。そして、

「勘吉……」

と、呟（つぶや）く。

兵部も側に寄り、男を見た。男の胸には短刀が突き立っていた。胸ばかりではない。顔面には十字手裏剣（じゅうじしゅりけん）が三つ突き立っている。手裏剣は額と両の目に深々と刺さって

いた。周囲はどす黒い血で染まり、男は息絶えていた。

「勘吉ですよ」

今夜会おうとした恐喝者だと百兵衛は言った。

「勘吉が殺された……」

戸惑いと疑念に襲われた。

百兵衛の脅迫相手が殺されていることに加え、死に様が凄惨であるからだ。心の臓を短刀で刺すのは殺しの手口としてはありがちだが、顔面を襲う手裏剣というのは異様だ。まさか、忍びの者の仕業であろうか。

更には短刀と十字手裏剣を使った者は別であろう。通りすがりの者の仕業ではない。

「なんてことだ」

百兵衛は夜空を仰いで絶句した。

兵部は亡骸の首筋を触った。まだ温もりが残っている。殺されて四半時とは経っていないだろう。着物を探ると財布は残っていた。

やはり、金目当てに通りすがりの者が殺したのではない。

「罰が当たったか」

亡骸に視線を戻し、百兵衛は呟いた。

「罰を下したのは、少なくとも神や仏じゃない。亡骸の様子からして只者じゃないな」

兵部は立ち上がった。

「何者に殺されたのかは知りませんがね、きっと、勘吉のことだ、随分と恨みを買うようなことをやっていたでしょうよ」

百兵衛は兵部を見た。

「よりによって、そなたと会う夜にか」

兵部は訝しんだ。

「そ、それがどうしたんですよ」

兵部から疑いの目で見られ、百兵衛は反発するように言い返した。

「そなた、勘吉とどのような約束をしたのだ。はっきり申せば、いくらで手打ちをしようと思ったのだ」

百兵衛は躊躇いを示すように口ごもったものの、やがて肩をそびやかし、

「五百両です」

と、答えた。

「五百両か。しかし、そなたは、五百両など持って来ておらんな。払う気などなかっ

たのではないのか。払う気がない、と勘吉に伝え、勘吉が激昂したところでおれに斬らせようとしたのではないか」

おれの勘繰り過ぎか、と兵部は問いかけた。

「さすがは来栖先生、全てはお見通しですな、とは申しません。あたしは、本気で五百両を支払うつもりでした」

と、財布を取り出した。

そこには為替が入っていた。

「この通り、五百両を支払う用意をしてきたのです。小判で持って来るのは面倒ですので為替を用意したんですよ」

強い口調で百兵衛は言った。

「そうか」

ひとまず、兵部は引き下がった。

すると、

「ともかく、勘吉は死んだんですから、五百両は払わずにすんだわけですな」

かつての仲間の無残な亡骸を目の当たりにしながら百兵衛はしっかりと算段をした。

「その通りだな」

と、乾いた口調で兵部が答えた時に、

「御用だ」

という声と共に御用提灯が近づいてきた。

提灯の灯りに浮かんだ顔は北町奉行所定町廻り同心、近藤銀之助である。

銀之助はある事件をきっかけに兵部の父左膳と懇意になった。今では兵部の道場の門人となっている。

二十一歳、少年の名残を留めた純情そうな容貌だ。町人のために役立つのが八丁堀同心だという理想に燃えた誠実無比の若手同心だ。

「兵部先生……」

銀之助は兵部に気づき、「失礼しました」と頭を下げてから勘吉の亡骸に提灯を向けた。兵部が百兵衛の用心棒となり、会いに来たところ既に勘吉が殺されていた経緯を説明した。

銀之助は百兵衛に、

「南町は御赦免船が遭難したのだから、勘吉は死んだと断定したのだな。他の二人、峰蔵と熊次郎も死んではいないと申すのだな」

「実際、あたしは三人に会ったんですからね」

胸を張って百兵衛は答えた。

「しかし、そなたが三人に会ったというか交流を持っていたのは二十年も前なのだろう」

「面差しが変わったとおっしゃりたいのですか」

「そうだ。老けもするし、島暮らしだ。以前の三人は船乗りであったのだから健康に満ち溢れていたのだろう。流人暮らしは厳しい。人の面差しも体形も変えてしまうだろう」

その点を配慮したのか、と銀之助は問いを重ねた。

「そりゃ、会った時は、こいつらは本当に勘吉たちかって疑(うたぐ)りましたがね、話をしているうちに様々な思い出が蘇り、違和感がなくなったんですよ」

百兵衛は言った。

「そうか……水夫だけあって、荒れた海でも泳ぎ着いたのだな。すると、三人はそなたを脅した。そなたは脅しに屈したということか」

「屈したんじゃありませんよ。あいつらとの手切れですよ」

百兵衛は臆(おく)することなく答えた。

「三人に総額千五百両を支払おうと思ったのだな」

「千五百両ですめば安いものですよ」

百兵衛は開き直った。

銀之助は何も言わずに口を閉ざした。

ここで兵部が口を挟んだ。

「勘吉を殺したのは熊次郎か峰蔵、あるいは二人かもしれんな」

それを受けて銀之助が、

「仲間割れですか、ありそうですな。いかにもありそうですが、それなら、三浦屋から勘吉が金を受け取ってから殺すんじゃありませんか」

と、異を唱えた。

「なるほど、そりゃもっともだな」

兵部は受け入れた。

ここで百兵衛がにんまりと笑った。

「となりますと、あたしが怪しいってことになりますかね」

抜け抜けと百兵衛が笑った。

銀之助は、

「ともかく、殺しだ。探索をする」

「お願い致します」

百兵衛はお辞儀をした。

「それと、あとの二人のことも気にかかる。二人の在所を教えてくれ」

銀之助の頼みに百兵衛は首を左右に振り、

「二人の逗留先は知らないんですよ。ただ、明日の夜には峰蔵、明後日の夜に熊次郎にここで会う予定になっています」

「そうか、ではわたしも立ち会おう」

銀之助が申し出ると、

「それだと、おれの仕事がなくなってしまうぞ」

兵部は冗談とも本気ともつかない物言いをした。

「ならば、隠れております」

銀之助は言った。

百兵衛は兵部を見て、

「来栖先生、用心棒で雇った以上は来栖先生は首にはしませんよ。よろしくお願い致します」

と、改めて願い出た。

「なら、それでいいな」

兵部は念を押した。

「もちろんですよ」

百兵衛は笑った。


明くる日、柳森稲荷に行く前に、兵部は百兵衛と共に近くの自身番に寄った。そこに、銀之助が待っていた。

銀之助は、

「聞き込みをしたんですが、下手人の足取りは摑めませんでした。ただ、勘吉が殺された頃、柳森稲荷の近くを八丁堀同心が夜回りしていたようです。北町はわたしが夜回りをしていましたので、南町の方だと思います。それで、南町に問い合わせをしました」

と、兵部に報告した。

百兵衛は殊勝な顔で聞いていた。

「さて、峰蔵と熊次郎、果たして勘吉殺しに関わっておるのかな」

兵部は百兵衛に問いかけた。

「あたしにはとんと見当がつきません」

慇懃無礼を絵に描いたような馬鹿丁寧な物腰で百兵衛は言った。

「ともかく、用心棒を引き受けたからにはあんたのことは守ってやるから安心しろ」

兵部が言うと百兵衛は、「よろしくお願い致します」と腰を折った。

銀之助は生真面目な姿勢を崩さず、

「勘吉を殺した者、必ず捕えます」

銀之助は腰の十手を抜いた。

「では、そろそろ行くか」

兵部は言った。

野良犬の遠吠えが聞こえる。柳森稲荷の方角か、と兵部は見当をつけた。峰蔵に吠えかかっているのだろうか、と思ったところで突如として犬の鳴き声がやんだ。

兵部は百兵衛と共に柳森稲荷にやって来た。夜空を分厚い雲が覆い、月を隠している。銀之助は、提灯は持たず、二人と間合いを取り、鳥居の陰に潜んだ。

闇に包まれた境内は不気味な静寂が漂っている。人けはないが、

「これは……」

濃厚な血の臭いが兵部の鼻孔を刺激した。百兵衛も同様で、着物の袖で鼻を覆い、提灯で境内を照らした。

男が倒れている。

今夜は二人だ。

「峰蔵と熊次郎じゃないのか」

兵部が声をかけると百兵衛は無言で亡骸に近づいた。

「うわあ！」

驚きの声を上げ、百兵衛は提灯を落としてしまった。

兵部も死体の側に寄った。百兵衛の異変に気づいた銀之助もやって来た。地べたに落ちた提灯が燃え上がった。

「こりゃ、惨い」

銀之助が呟いた。

背が高いのが峰蔵、小太りが熊次郎だと百兵衛は言った。

峰蔵の顔は焼け爛れていた。火を付けられたようだ。熊次郎はというと額に何かが突き刺さっている。亡骸の近くに屈んだ銀之助が、

「独楽です……独楽が熊次郎の額に突き刺さっています」

と、兵部を見上げて報告した。

骸と化しているのは峰蔵と熊次郎ばかりではない。

すぐ近くの地べたに三匹の犬が死んでいた。

犬は三匹とも首が切断されていた。

「番屋を出る時、不意に犬の鳴き声がやんだ。その時に斬られたのだろう」

兵部が言うと、

「斬ったのは下手人に違いありません。となると、まだこの界隈に潜んでおるかもしれませんな」

銀之助は下手人を求め、柳森稲荷を出ていった。

兵部は犬の亡骸を検めた。三匹共に他に傷はない。下手人は三匹とも一刀のもとに首を刎ねて殺したのだ。野良犬は敏捷だ。しかも、暗がりである。

下手人はよほどの手練れと思っていいだろう。加えて、峰蔵と熊次郎の異様な殺され方……。

下手人は異形の者たちだ。

「峰蔵と熊次郎は勘吉が殺されたと知り、恐くなって二人一緒にやって来たのでしょう」

百兵衛が言った。

「そうだろう。それにしても、勘吉も含め、異様な殺され方だ。下手人は一人ではあるまい。あんた、異形の者たちに知り合いはいないか」

冗談とも本気ともつかない口調で兵部は問いかけた。

「知るわけがございません」

右手を強く振り、百兵衛は二人の亡骸に両手を合わせた。

第二章　贋物氾濫

一

弥生七日の朝、五平次は寝床から半身を起こした。月代と無精髭が伸び、日に焼けた角張った顔と相まって逞しさを醸し出している。とはいえ、重傷を負った身だ。

「あら、いけませんよ。寝ていらしてください」

美鈴は持っていた土鍋を枕元に置いた。

「いえ、十分なる手当をして頂き、これ以上甘えるわけにはいきませぬ」

五平次は布団に正座をすると申し訳なさそうにお辞儀をした。

「遠慮は却って迷惑ですよ。手当をお引き受けしたからには、平癒して頂かないといけませぬ。それには、わたくしが申しますことを聞いて頂きませんと」

美鈴は土鍋の蓋を開けた。温かな湯気が立ち、五平次の目元が綻んだ。

「お粥、そろそろやめましょうか。もっと、食べでのあるものを召し上がった方がいいですよね」

美鈴が気遣うと、

「いえ、粥で十分です」

またしても五平次が遠慮する。

「ほら、今、申したばかりではありませんか。遠慮はいけません」

美鈴はぴしゃりと釘を刺した。

「あ、そうでしたな」

照れるように五平次は返し、美鈴から何が食べたいか問われる。

「……では、玉子焼き……です」

五平次が答えると、

「わかりました。玉子焼きをお作りしますね。お口に合わなかったら、ごめんなさい」

にこやかに返すと美鈴はしゃもじで茶碗に粥をよそい、箸を添えて五平次の前に置くと部屋を出た。

五平次は息をふきかけながら粥を食べ始めた。

粥を食べ終えたところで左膳が入って来た。

「顔色がよくなったのう」

左膳は声をかけた。

「美鈴殿のお陰です」

神妙に五平次は返す。

五平次の顔色が良くなり、体調が平癒に向かっているのがわかり、左膳は安堵した。となると、気にかかるのは何故こんな災難に見舞われたのか。御庭番である五平次が二度も襲撃されたのは、彼の探索と関わっているに違いない。

御庭番に探索の中味を問うのは遠慮すべきだが、どうしても好奇心に勝てない。それに、左膳を見返す五平次の眼差しは悔しさと悲しみに彩られている。左膳に打ち明けることで僅かでも気持ちが楽になるのではないか。

左膳は静かに語りかけた。

「さて、怪我を負った経緯、話してはくれぬか。もちろん無理強いはせぬ」

受け入れるように五平次がうなずくのを確かめ左膳は続けた。

「この怪我を負わせたのは小春の帰りにそなたを襲撃した者たちなのか。とすれば、御役目で潜入していた領地を治める大名からの追手ということか」

興味が胸にこみ上がり、ついつい早口で一気呵成に問いかけてしまった。

語る気になったようだが、五平次は御庭番という立場が脳裏を過ったのか、うなだれてしまった。それでも意を決したように顔を上げて答えた。

「拙者を襲わせたのは御側御用取次、林田肥後守盛康さまです」

目が吊り上がり、唇が微妙に震えている。御側御用取次、すなわち御庭番を統括する上役の手の者に襲われた悔しさが滲み出ていた。

意外な襲撃者が明らかとなり、左膳は強烈な疑問に包まれた。

「何故……林田さまが……貴殿が探索先の証拠を盗まれたことへの処罰なのか」

問いかけておいて、それなら襲撃させることはなく、なんらかの処罰を下せばよいと思い返した。実際、五平次は切腹を覚悟していたのだ。果たして、五平次は弱々しく首を左右に振り、

「口封じなのです」

と、吐き捨てるように答えた。

次いで表情を強張らせて続けた。

「来栖殿に助けて頂いた際、襲って来た者たちは御庭番です。役目は殺し、火付といった汚れ仕事を専らとしておる暁衆です」

「そういえば、あの時、五平次殿は暁……と漏らされたな」

左膳が確かめると、

「あの時は半信半疑でした。独楽とか火噴きとか、尋常でない殺しの技を使うのを見て、もしかして暁衆かと疑ったのですが、まさか林田さまが拙者を襲わせるなどあり得ないと思いましたので、決めつけられませんでした」

五平次は答えた。

暁衆のことは噂で耳にするだけで実態は知らなかったそうだ。

「口封じとは、貴殿が命じられた役目を口外せぬようにということだな。しかし、御庭番たるそなたが役目の中味を軽々しく漏らすことはなかろう。そもそも、御庭番というのは口の堅い者でなければ務まらぬはず」

疑問と戸惑いを抱きながら左膳は問い直した。

「探索を命じられたのは、大名領ではなく相模三浦半島における公儀の直轄地でありました。林田さまから、直轄地を治める代官陣屋は三崎村にあり、その代官陣屋と代官伊藤加治右衛門の不正を暴けと命じられたのです」

伊藤には収穫した年貢を誤魔化し、不正蓄財しているとの噂があった。不正の有無、不正が事実なら、証拠立てる文書や品を持ち帰るのが役目であったのだ。

「拙者は領内を廻り、陣屋に潜入し、年貢を納めている土蔵とは別に、伊藤加治右衛門が米ばかりか銭、金を貯め込んでいることを確認しました。米と銭金に加えて骨董の類も蓄えてあったのです。それを確かめ、拙者は帳簿を盗み出しました」

飴売りに扮し、村の子供たちと遊び、村人と交わって陣屋に出入りしながら内情を探ったのだそうだ。役目を終え、五平次は江戸に向かって旅立った。

すると、品川宿で御庭番の朋輩二人と会った。彼らも各々の役目を終え、江戸に戻って来たところだった。もちろん、お互い何処でどんな役目を担ってきたのかは語り合うことはなかった。

それでも、役目を成就した安堵から、二人と一杯やった。楽しく飲食を終え、その晩は心地よい眠りについた。

ところが翌朝、行李を盗まれていることに気づいた。盗人の仕業かと思ったが、今にして思えば二人の朋輩にやられたのだ。盗ませたのは林田に違いない。

「林田は拙者に伊藤加治右衛門の不正を暴くことを命じながら、一転してそれを隠そうとしたのです」

最早、五平次は上役を呼び捨てにした。

「何故と考える」

改めて左膳は問いかけた。

「伊藤が林田に手を回したのかもしれません。賂を贈ったとか……」

という五平次の考えに、

「いかにもありそうだが、伊藤は御側御用取次に賂を贈る程の大物かな。逆を申せば、林田が代官ごときの頼みを受け入れるだろうか。御側御用取次と申せば、将軍家の側近、やがては側用人にも老中にもなろうという野心を抱いているはずだ。一介の代官の不正に加担し、万が一、そのことが表沙汰になれば出世の道は閉ざされる。となれば、いくら銭金を積まれようが伊藤の頼みを聞き届けることはなかろう。聞く耳を持つのは自分の出世に役立つ者、それなりの地位にある者の言葉ではないのかな」

左膳は反論と持論を加えた。

「それはその通りですな。すると……」

左膳の推論を受け入れ、五平次は思案を巡らせた。しばらく口を閉ざしていたが、脳裏には陰謀(いんぼう)の絵図が描かれてきたようで、かっと両目を見開き、考えを述べ立てた。

「天領での不祥事、発覚すればまずいのは……天領を治める責任者、公事方の勘定奉行小野川出雲守……」

勘定奉行は勝手方と公事方に分かれる。公事方は全国に点在する天領の治安を担う。代官、郡代は公事方の勘定奉行が管轄するのだ。

「小野川出雲守春政は立志伝中の人物です。元は葛飾村の豪農の息子であったとか」

小野川は江戸近郊の葛飾村の豪農の息子、春吉であった。代官陣屋に手代として奉公し、算術に長けた春吉は代官小野川菊次郎に認められ、養子に迎えられた。小野川の勧めで春吉は勘定所の算勘吟味を受け、見事合格し、勘定所に出仕する。

勘定所は文章作成や算術、算盤に長けた役人から構成される。天領の治安維持、年貢取り立て、取り立てた年貢の管理といった勘定所本来の事務作業はもちろん、幕府の最高裁判所である評定所の事務を担う留役を務め、加えて寺社奉行の下での事務を務める者も勘定所から派遣される。

勘定所は身分の上下に関係なく優れた能吏によって構成されているのである。そのため、家柄のない下級旗本、御家人の中で出世欲に満ちた者が集まっている。

算勘吟味に合格すれば勘定支配下という役目を担う。そこで実績を上げれば、勘定支配、勘定へと昇進する。やがては勘定吟味役に出世する者もいる。そればかりではない。稀ではあるが勘定奉行にまで立身することもあるのだ。

幕府の組織にあって身分が低い者が立身するには勘定所が適していた。

小野川は春吉の才を見込み、男子がいないことを幸いに養子に迎えた。春吉の出世を期待したのだ。小野川は春吉が勘定吟味役に昇進したのを見届けて世を去ったそうだ。

「勘定所で累進（るいしん）を重ね勘定奉行にまで昇り詰めただけあって、小野川春政は相当にしたたか、勘定所ばかりか公儀中枢の様々な秘密事項を握っておるようです。つまり、金が絡（から）む秘事を小野川程知り尽くしておる者はおりませぬ。これから公儀の中枢を昇り詰めようという林田にとって味方に取り込みたい者かもしれません」

五平次は言った。

「小野川が林田に伊藤の不正をもみ消してもらったということか」

「伊藤の不正は小野川も知っていたのでしょう。それゆえ、伊藤の不正が明らかになれば勘定奉行としての自分の立場が悪くなりますからな」

「その通りであろう」

左膳はうなずいた。

五平次の推論で間違いなかろう。林田は小野川の意向を受けて五平次の口封じに出た。襲撃に失敗しても諦めはするまい。五平次を生かしておくはずがないのだ。

益々、五平次の身が心配になった。

が、そんな左膳の想いとは裏腹に、

「傷も癒えました。拙者は出てゆきます」

五平次は言った。

「ならぬ！」

つい、強い口調で左膳は止めた。

はっとなりながらも、

「これ以上のご迷惑はおかけできませぬ。そうでないと、来栖殿のお命が危うい」

五平次は言い立てた。

その通りである。

公儀御庭番を敵に回すことになるのだ。命が危うい。

それでも、

「匿(かくま)った者を己が身を危ぶんで手を切るなど、武士にあらず」

左膳は強い口調で言った。

無言で見返す五平次に左膳は続けた。

「貴殿はわしを信用して素性(すじょう)を打ち明け、襲撃の経緯も語ってくれた。事情を知った以上、後には引けぬ。事情の危うさを知って逃げたとしたら卑怯者だ。わしは卑怯者にはなりたくはない」

熱弁を振るい左膳は唇をきつく引き結んだ。

五平次は涙で目を潤ませ、

「かたじけない」

深々と頭を下げた。

「加えて、わしは野次馬根性旺盛でな、一旦足を踏み込んだ今回の一件、深入りがしたくなった」

張り詰めた五平次の気持ちを解すように左膳は好奇心を剝き出しにした。

五平次も頰を緩め、

「来栖殿は、単なる代官の不正ではない、とお考えですか」

と、問いかけた。

「証はもちろん、根拠となる事項も思い当たらないが、そんな気がしてならない」

左膳は勘だと言い添えた。

「なるほど、単に伊藤の不正のみであれば、小野川が危ない橋を渡ることはあるまいし、林田とて小野川を助ける意味はないですな」

五平次も納得した。

「よって、今回の一件をとことん探ってやろうと思う。きっと、深い闇が広がっている」

決意を示すように左膳は強い眼差しを五平次に返した。

「では、拙者と共に、事に当たってくださるのですね」

五平次も左膳の決意を受け入れた。

左膳は大きくうなずいた。

「では、今後の段取りを考えねばなりませぬな」

五平次は思案を始めた。左膳という強い味方を得て心強くなったのか、生き生きとした目つきとなっている。

「まず、勘定奉行小野川出雲守に会ってまいろう。小野川の人となりをこの目で確かめたい」

物見遊山(ものみゆさん)にでも行くような気楽さで左膳は告げた。

「小野川に会うと申されても、手立てはあるのですか。面識もないのに出向いても会ってはくれぬ、と存じますが……」

五平次は危ぶんだ。

「なに、算段あってのこと」

左膳はさらりと言ってのけた。

二

夕方になり、左膳は白雲斎から小春に呼び出された。

白雲斎とは、左膳の旧主大峰能登守宗里の父、隠居した大殿宗長である。三年前、還暦を機に宗長は家督を宗里に譲った。

宗長は幕府老中を務めていたのだが、老中職も辞し、白雲斎と号して根津にある中屋敷で悠々自適の余生を送っている。

白雲斎は幕府老中を務めた切れ者であったが幕政ばかりか、大峰家鶴岡藩の藩政においても辣腕を発揮した。財政難に苦しむ大台所を改善すべく、領内の名産紅花の栽培を振興し、鶴岡湊を修繕し、新田を開墾し、領内を活性化させて名君と評判を取った。

白雲斎は奥の小座敷で待っていた。

還暦を過ぎ、髪は白いものが目立ち、髷も以前のように太くはないが、肌艶はよく、何よりも鋭い眼光は衰えていない。面長の顔に薄い眉、薄い唇が怜悧さを漂わせてもいた。総じて老中として幕政に辣腕を振るってきた威厳を失ってはいない。

今日に限らず白雲斎は左膳と酒を酌み交わすのを楽しみとしている。

左膳のためにおからがある。

白雲斎には焼いた筍、泥鰌の柳川が供された。

「いやなに、特に用はないのじゃがな、どうにも閑を持て余してな、しばらくぶりでそなたと一杯やりたくなったのじゃ」

照れ臭そうに白雲斎は言った。

酒を酌み交わし、左膳はしばらく白雲斎の雑談に付き合ってから、

「ところで、勘定奉行小野川出雲守殿ですが」

と、さりげなく話題にしたのだが、

「なんじゃ、小野川がどうした」

不穏なものを感じたようで白雲斎の目が凝らされた。ここは下手な隠し立てはしない方がいいだろう。

「実は、三浦半島、三崎村の代官陣屋を探索した公儀御庭番と知り合ったのです」

左膳は五平次と知り合った経緯を簡潔に語った。

「ほほう。三崎村な……」

白雲斎は表情を引きしめた。

「三崎村につきまして、何かお耳になさっておられますか」

白雲斎は何かを知っている気がしてならない。

「代官伊藤加治右衛門は不正を悔い、切腹をしたそうじゃ」

淡々と白雲斎は言った。

「なんと……」

意外な展開、いや、小野川と林田が組んだとしたらありそうなことだ。蜥蜴の尻尾切り、伊藤に詰め腹を切らせたのではないか。

そんな想像をする左膳に白雲斎は続けて語った。

「かねてより、伊藤の行状を疑っておった小野川が内偵をし、不正を暴き立てたそうだ。小野川は伊藤の罪状を明らかにし評定所に届け出た。伊藤は評定所で吟味を受ける前に切腹をして果てた、という次第じゃ」

「それは、小野川殿による蜥蜴の尻尾切りではないでしょうか」

左膳の考えに、

「さて、どうかのう」

白雲斎は判断に迷う風だ。

「白雲斎さまは小野川殿をご存じでございますか」

左膳は小野川の人となりを問いかけた。

「わしが老中であった頃、小野川春政は勘定吟味役であった。非常に有能な男であったと記憶しておる」

思い出しつつ、白雲斎は小野川について述べ立てた。

「元は農民、算勘吟味に合格し、勘定所の能吏から昇進したとのこと。有能なのは確かのようですな。会ってみたいものです」

依頼の気持ちを込めて左膳は言った。

「そうか……小野川にな。何故じゃとは聞くまでもないな。そなた、小野川が伊藤に罪を被せたと考えておるのじゃろう。それで、小野川という男が気になったということじゃな……よかろう、会わせてやる」

思案をするように白雲斎は腕を組んだ。何か手立てを考えているようだ。左膳は黙って白雲斎の言葉を待った。

やがて白雲斎はうなずいた。

「そうじゃ、神君（しんくん）の墨絵（すみえ）じゃ」

「東昭大権現さま……神君家康公の墨絵ですか」

　小野川と徳川家康が結びつかず、左膳は首を捻った。

　白雲斎は首肯してから続けた。

「小野川出雲守は勘定奉行に昇進した時、廻船問屋三浦屋百兵衛から家康公がお描きになった墨絵を献上されたのだ」

　相模国の村の豪農の家に家康が描いた墨絵が伝わっていたそうだ。民情視察を兼ね、鷹狩りに出た家康が立ち寄った農家で、座興で描いたのだ。

「その墨絵を三浦屋百兵衛が買い取り、小野川に献上したのだ」

「三浦屋百兵衛という商人、小野川殿と強い繫がりがあるのですか」

　左膳は首を傾げた。

「百兵衛は小野川が相模の三浦半島に所在する天領の代官であった頃からの付き合いだそうじゃ。おお、そうじゃ。小野川も伊藤加治右衛門と同じく三浦半島の天領の代官であったのじゃ。三崎村の代官陣屋におった頃から、小野川と百兵衛は懇意にしておったのであろう」

「小野川殿は伊藤加治右衛門と同じ地の代官を務めていた……偶然でしょうか」

　嫌でも気にかかった。

白雲斎はわからぬ、と首を左右に振ってから続けた。

「二十年前、百兵衛は難破した海賊船から回収した略奪品や千両箱を代官陣屋に届けた。小野川は百兵衛の正直さに感心し褒美を取らせた。以後、小野川は勘定所で昇進を重ね、百兵衛は正直者の評判を得て大きな廻船問屋から仕事を受け、やがては独り立ちをして廻船問屋を開いた、という次第じゃ」

白雲斎の説明を聞き、

「伊藤加治右衛門と同様に小野川も三崎村の代官陣屋におったのが、やはり気になります……偶然かもしれませぬ。それとも、因縁と申した方がよいか……」

釈然としない左膳は言葉尻が曖昧に曇った。

「ともかく、墨絵を拝みに行きたい、と申し越す。そなたも一緒に参るがよい」

白雲斎の誘いかけに、

「ありがとうございます」

小野川に会うということに加え、家康が描いたという墨絵に興味が湧いた。

「家康公の墨絵、果たしてどのような絵柄なのでしょう」

左膳が確かめると、

「さて、わしも存ぜぬが、家康公は大御所として晩年を駿河(するが)の駿府(すんぷ)で送られた。富士を見てお暮しになったのじゃ。富士程、絵に描くにふさわしいものはあるまい」

白雲斎は富士山だろうと見当をつけた。

「まさしく」

左膳もその通りであろうと同意した。

「楽しみじゃのう」

白雲斎は酒の代わりを頼んだ。

三

その頃、番町にある小野川出雲守春政の屋敷を三浦屋百兵衛が訪ねていた。

小野川は五十歳、髪は白髪が目立っているが肌艶や恰幅はよい。丸顔ゆえ温和そうだが、切れ長の目が辣腕の能吏だと窺わせもした。

奥の書院で小野川と百兵衛が密談に及んだ。

「百兵衛、神君家康公の墨絵じゃがな、骨董屋に見立てさせたところ千両で引き取るそうじゃ」

小野川はうれしそうに肩を揺すった。

「千両でも安いですな。何しろ、東照大権現さまのご直筆ですぞ」

百兵衛も楽しそうに微笑んだ。

「その通りじゃ」

小野川はうなずき、

「それで……いかがなった」

と、思わせぶりな笑みを浮かべた。

百兵衛は、

「抜かりはございませぬ」

と、持参した風呂敷包みを解いた。桐の箱が現れた。百兵衛は箱の蓋を開けると丸められた軸を取り出した。

ふたつある掛け軸を小野川に差し出す。小野川はふたつを開いた。どちらも同じ絵柄、しかも、寸分たがわない。絵柄は茄子であった。ただ、普通の茄子とは違い、丸々としてふくよかである。

家康が晩年を過ごした相模国駿府の折戸で採れる折戸茄子であり、家康の好物であった。絵の下には家康の落款と花押が記されている。

「家康公は茄子がお好きであられたな。茄子を栽培しておった折戸の農家に立ち寄り、茄子の絵をしたためられたのであるな。その後、その豪農が相模の三浦半島に移り、絵は大事に仕舞われた、ということじゃな。それにしても、よく出来ておる」

小野川は感嘆のため息を吐いた。

「伊藤加治右衛門さまの代官陣屋内で贋作の達人という男に描かせました」

百兵衛は言った。

「伊藤の模造小屋……。代官陣屋内にある骨董の模造品を造作しておる小屋か。潜入した御庭番は銭金や米の不正蓄財には注意を向けたが、模造小屋には特に感心を示しておらぬようじゃ。林田さまに御庭番の報告書を読ませて頂いた」

「御庭番も抜かっておりますな。三崎村の代官陣屋の肝は模造小屋ですのにな」

嘲りの笑みを浮かべ百兵衛は何度もうなずいた。

「世の中には稀なる才覚の持ち主がおるということじゃな」

小野川は贋作を褒め上げた。

「模造小屋では、いくつかの大名家の依頼で贋作をしたためております」

百兵衛が言うには、大名家では先祖伝来の家宝を大事に伝えるため、本物とは別に観賞用の絵や骨董品を贋作させている。

「これ程の贋作を贋作と見破れる者はよほどの目利きであるな」

小野川は言った。

「目利きでも見破れませぬぞ」

まるで自分が造作したように自慢げに百兵衛は返した。

「うむ、それに相違ない。ならば、このふたつを上方(かみがた)、博多(はかた)あたりの商人に売るか」

小野川は顔を輝かせた。

「それがよろしいですな。千両といわず、二千両でも買いましょう」

百兵衛も声を弾ませた。

「うむ、そう致そう」

小野川も喜んだ。

百兵衛は掛け軸を桐の箱に納めた。

「ところで、伊藤加治右衛門さま、気の毒なことになりましたな」

百兵衛が伊藤に同情を寄せると、

「致し方あるまい」

小野川は舌打ちをした。

「確かに……」

「伊藤とて甘い汁を吸ったのじゃ。いい思いをしたのならそれでよしであるぞ」

突き放したような物言いを小野川はした。それから、

「肝心なことはこれからじゃ。贋金の造作、抜かりあるまいな」

小野川は厳しい目を向けた。

「三崎村の模造小屋で抜かりなく行っております」

百兵衛は言った。

「贋金造りは公儀への謀反じゃ。表沙汰になれば極刑となる。くれぐれも慎重にな」

小野川は釘を刺した。

「それゆえ、三人には死んでもらいました」

静かに百兵衛は返した。

「模造小屋で贋金造りに携わっておった者たちをかつての水夫仲間に見せかけたのであるな。林田さまに頼み、腕の立つ御庭番に始末をしてもらった。まこと、凄腕の者たちじゃ」

小野川は暗い目をした。

「凄腕と申しますか、恐ろしさを感じました。三人の殺された様は身の毛もよだちました」

恐怖心が蘇ったようで百兵衛は両目を剝いた。

兵部は道場に近藤銀之助の訪問を受けていた。支度部屋で兵部と銀之助は面談に及んだ。

「探索を行ったのですが、どうもはっきりとはしないのです」

申し訳なさそうに銀之助は言った。

「と、言うと……」

兵部は顎を掻いた。

「南町にも御赦免船のことを問い合わせたのですよ。御赦免船は三浦半島の沖合、相当に浜から離れたところで難破したそうです。亡骸が打ち上がった者も海の藻屑となった者もいたそうですが、三人のうち、勘吉の亡骸は発見されたそうなんです」

銀之助の報告に、

「確かか」

兵部は両目を見開いた。

「間違いないです。すると、柳森稲荷で殺された勘吉は何者でしょうか」

「おれに訊かれてもわからん」

兵部が右手をひらひらと振ると、

「ごもっともです。勘吉が偽者としましたら、熊次郎と峰蔵も本物かどうか怪しいですね。三浦屋百兵衛は偽者を承知で三人に手切れ金を払う気でいたのでしょうかね」

わからない、と銀之助は首を傾げた。

「そんなわけはない。あいつはおれたちを騙したんだ。偽の勘吉、峰蔵、熊次郎を仕立てたんだ。三人を殺したのも三人に見せかけておいて口封じをしたのだよ。口封じのわけは、表沙汰になってはまずいことがあるんだ」

兵部は決めつけた。

「表沙汰にできないこととは何ですか」

銀之助の問いかけに、

「さてな、少なくとも悪いことであるのは確かだ」

「そりゃ、隠しておかなくてはいけないことなのですから良いことではないでしょうが……あ、それから、勘吉殺しの時、柳森稲荷界隈を夜回りしていた八丁堀同心ですが、峰蔵と熊次郎が殺された時も夜回りをする姿を見た者がいました。それで、南町に問い合わせているんですが、まだ答えがないんですよ」

銀之助は腕を組んで首を捻った。

「おまえは、三人の殺しについて聞き込みを続けてくれ。おれは、百兵衛に会う」

憤然と兵部は腰を上げた。

「短気を起こさないでくださいよ」

銀之助の忠告に、

「わかっているよ。おれは、温厚なんだ」

言い置くと兵部は出て行った。

案ずるように銀之助は兵部の背中を見送った。


日本橋本石町の三浦屋にやって来た。

近くにある時の鐘が昼九つを告げた。鐘が打ち鳴らされている間は会話にならない。

鐘が鳴り終えたところで兵部は手代に百兵衛への取次を頼んだ。百兵衛は母屋の居間で待っていた。

「三人を殺した憎き下手人がわかったのですか」

心にもない憎悪を言い立て、百兵衛は抜け抜けと問いかけてきた。

「わからない。しかし、おまえならわかっているんじゃないのか」

兵部は目を凝らした。

「何をおっしゃるんですか」

百兵衛は声を上げて笑った。

「笑いごとじゃないぞ。殺された勘吉は偽者だったらしいぞ」

兵部は赦免船の難破で勘吉の死体が確認されたことを話した。

「ほう、そうなんですか」

百兵衛は驚きの表情となったが、それは多分にわざとらしいものである。

「お惚けはそのくらいにしてくれ」

兵部は懐中から五十両を取り出すと、百兵衛の前に置いた。

「さあ、本当のことを話してくれ」

兵部は迫った。

「藪から棒に何をおっしゃいますか」

百兵衛は肩をそびやかした。

「三人は偽者なのだろう」

兵部は迫った。

「そんなことはありませんよ。何度も申し上げたじゃありませんか」

百兵衛はあくまで三人は本物だと言った。本音なのか嘘を吐いているのか、判断がつかない。

兵部は百兵衛を睨んだ。

「そんな怖い顔をなさらないでくださいよ」

百兵衛は五十両を兵部に押し戻した。むっとして兵部が押し黙ると、

「機嫌を直してくださいな」

満面の笑顔で百兵衛は頼んだ。

と、不意に、

「おい」

兵部は百兵衛の襟首を摑んだ。

「な、何を……なさるんですか」

百兵衛は顔を強張らせた。

「本当のことを言え」

兵部は大きく百兵衛を揺さぶった。

「何も嘘は言って……」

言葉が途切れ、顔を真っ赤に染めた百兵衛は苦しいと嘆いた。兵部は両手を離し、

「正直に申せ」

と、再び問いかけた。百兵衛は肩で息をしながら、

「ほ、本当です。信じてください。三人は生きていたんです。少なくとも、あたしには三人は本物に思えたんです」

と、訴えかけた。

「物は言いようだな」

疑わしそうに兵部は言った。

「ほんと、疑り深いお方ですな。本物の三人と信じていなかったら、どうして来栖先生を五十両もの大金で用心棒に雇うものですか。そうでしょう」

悪びれもせずに百兵衛はにこりとした。

「そのわけを含めて本当のことを話せ」

「おやおや、見かけによらず先生はしつこいですな。竹を割ったようなさっぱりとしたご気性だと思っておりましたが……しつこいのは商人には美徳ですが、お侍さまにはみっともないだけです。あたしは来栖兵部というお方を武士の鑑と見込んでおるのです。できれば、今回の用心棒をきっかけに、懇意にして頂きたいのです。ああ、そうだ、先生の剣術道場に入門しようかと思案しておるのですよ」

どこまでも人を食った態度を崩さず、百兵衛は調子のいいことを捲し立てた。

兵部は百兵衛の調子には合わせず、

「ならば、問いかけを変えよう。三人を殺したのはおまえの手の者か」

「あたしにそんな力はありません。三人を殺せる者を知っているのなら、来栖先生を用心棒で雇ったりしません。それに、三人の死に様……あれは異常です。もっとも、殺しは異常ですが、三人の殺され方の凄惨さたるや……あたしは悪夢にうなされますよ。あんな殺し方をする恐ろしい手合いに知り合いなんぞおりません」

怖気を震って百兵衛は強く言い立てた。

「どうしても惚けきる気か」

兵部は言った。

「惚けてはおりません。あたしを信用できませんか。先生はあたしをお断りになりますか」

百兵衛は顔を突き出した。

実に不愉快である。

それでも、百兵衛を斬るわけにはいかない。そもそも、殺すつもりはない。真相を知りたいのだ。このままでは収まりがつかない。これ以上、翻弄されてたまるか、と兵部は百兵衛への不満と憤りを感じた。

「先生、これから先は北町の近藤さまにお任せしておけばいいじゃないですか。悪党

「三人が誰に殺されようが、どうでもいいではありませんか」

百兵衛は冷たく言い放った。

これこそが百兵衛の本性であろう。兵部に用心棒を頼む際にはかつての仲間への哀れみを口にしたが内心では微塵も同情していなかったのだ。

「なるほど、そなたの申すことはわかる。手間暇を要することもない……」

言葉が虚しくなるだけだ。

「おわかり頂けましたか」

百兵衛の問いかけに、

「得心はゆかぬな」

兵部は首を左右に振った。

「今におわかりになります。ああ、そうだ。これは、あたしの好意です」

五十両にさらに十両を百兵衛は上乗せした上で、

「金は、腐りはしませんぞ」

憎々しいまでの露骨さで百兵衛は六十両を差し出した。

「それだけに厄介だな」

兵部は苦笑し、受け取らなかった。

それから、

「そなたは、いかにして財を成したのだ。水夫で貯めた金だけではこれだけの身代(しんだい)にはなるまい」

「それは、一言では申せない苦労の連続でございましたな」

百兵衛は六十両を懐中に仕舞った。

「そうであろうな」

ふんふんと兵部はうなずく。

「自慢話なんぞ退屈ですぞ。語らぬが粋(いき)、聞かぬが分別ですよ」

百兵衛はいなすように右手をひらひら振り、口を閉ざした。

四

弥生十一日の昼、左膳は白雲斎に伴われ、番町にある勘定奉行小野川出雲守春政の屋敷にやって来た。

薄曇りの空が広がり、寒(かん)が戻ったかのような寒さである。花を散らした桜が寂しさを漂わせている。

御殿の客間に通され、お茶と菓子を振舞われてから小野川がやって来た。慇懃に挨拶をする。

「隠居の身でな、気楽な余生を過ごしておる。何しろ、暇を持て余しておるゆえ、神君家康公の絵が見たくなったのじゃ」

語りかけてから白雲斎は左膳を紹介した。左膳は丁寧に頭を下げる。

「そうか、そなたが来栖左膳か。噂は耳にしておりますぞ」

小野川は言った。

「畏れ入ります」

左膳はお辞儀をした。

「さて、神君の絵であるがな」

白雲斎は言った。

「今、蔵から運ばせております」

小野川が言ったところで家臣がやって来た。

桐の箱に仕舞われた掛け軸を小野川は取り出した。恭しく掛け軸に向かって頭を下げてから広げ、床の間に飾った。

「おお……」

白雲斎がため息混じりに見上げた。

左膳も目を凝らした。

家康が好んだ折戸茄子の絵が描かれている。駿府折戸の名産、丸々とした大振りの茄子であった。

墨絵で描かれた絵はどこかおかしげで多忙を極める家康の束の間の憩いを感じさせるものであった。家康が描いたと聞いて観賞しているせいか、左膳は背筋がぴんと伸び、目を離すことは不遜（ふそん）のように感じられる。

「まこと、見事なる絵でございます」

小野川は言った。

白雲斎もうなずき、

「そなた、これを何処で手に入れたのであったかな」

と、問いかけた。

「三浦屋百兵衛という廻船問屋を営む商人です」

小野川は答えた。

「三浦屋はどうやって手に入れたのであろうな」

「相模三浦半島のさる村の豪農の家の蔵に伝えられていたそうで、それを百兵衛が買い取ったのですよ。拙者と百兵衛は古い付き合いでしてな。拙者が代官であった頃、百兵衛が水夫をしておったのです。実によく働く男でして、おまけに正直者でした」

懐かしそうに小野川は目をしばたたいた。

「なるほど、自分も身代を築き、かつて世話になったお代官さまの勘定奉行昇進の祝いとして喜んでもらおうと高額で買い取ったわけじゃな」

白雲斎はうなずいた。

小野川は黙って掛け軸を見やった。

すると、

「うむ……」

白雲斎は奇妙な声を漏らした。

小野川がおやっとなる。

「いかがなさいましたか」

「いや、わしの間違いであろうがのう」

白雲斎は言ってから首を捻った。

「間違いとは」

小野川は気にかかったようで問いを重ねた。

「ちょっと気にかかることがある。いや、些末(さまつ)なことゆえ……」

白雲斎は小首を捻った。

「なんでござりましょう。なんなりとお気づきのことがございましたら、お教えくだされ」

小野川は白雲斎を見た。

白雲斎は立ち上がると掛け軸の側まで歩み寄り、顔を近づけた。それから改めて掛け軸を見据えて、

「この花押じゃがな」

と、花押を指差した。

小野川も掛け軸の側に寄った。

「この花押がおかしい」

白雲斎は言った。

「おかしい……」

小野川は思わずといったように問い返した。

「おかしいぞ。わからぬか」

白雲斎は小野川を睨んだ。

「はて、拙者には本物としか……と申しますか、神君の描かれた絵であると思ってきましたので。それに、三浦屋百兵衛が贋物を拙者に摑ませるとも思えませぬ」

戸惑いながら小野川は答えた。

「三浦屋百兵衛は信頼の置ける男なのかもしれぬが、百兵衛も贋物を摑まされたのかもしれぬぞ」

白雲斎の指摘に、

「一体、贋物とおっしゃる根拠はいかなることでございましょう」

当惑して小野川は問いかける。

「花押じゃよ」

白雲斎は墨絵を指差した。

「花押が違っておりますか」

「この花押は家康公が浜松城主であられた頃のものじゃ」

確信に満ちた表情で白雲斎は断じた。

「なんと」

小野川は絶句した。

「おそらくは、家康公の花押を真似たのはいいが、大御所の頃の花押ではなかったのだろう」

　白雲斎は言った。

「すると、贋物……」

　小野川は失望を禁じえない。

「よくあることじゃ」

　白雲斎は快活に笑った。

「それにしましても」

　頰を真っ赤にして小野川は地団駄（じだんだ）を踏んだ。

「ま、こういうこともある」

　白雲斎は言った。

「白雲斎さま、まこと、御見苦しいものをお目にかけました」

　小野川は詫びた。

「なに、座興じゃ」

　白雲斎は笑った。

「しかし」

　悔しそうに小野川は唇を嚙んだ。

「よき、座興じゃ」

白雲斎は笑い声を高めた。

左膳も白雲斎に合わせて笑みを浮かべた。

左膳が、

「三浦屋百兵衛にも罪はございませぬな。百兵衛も騙されたのでしょう。しかし、これほどの贋物をこさえるとは相当の腕ですな。これほどの腕を持った者は滅多におりませぬ」

左膳が言うと、

「いかにもそうじゃのう」

白雲斎も感心した。

それから、

「そう言えば、代官伊藤加治右衛門が切腹をしたそうじゃな」

不意に白雲斎は話を変えた。

「拙者の監督不行き届きであると悔いております。生真面目な男であったゆえ、まさか、不正などしておろうとは」

小野川は言った。

「どのような男であったのじゃ」

白雲斎は興味を示した。

「生真面目、と申しますか、口数の少ない、それでいて領民たちとの関係も良好で領内をしっかりと把握しておったようです。しかし、考えてみれば領民たちと癒着をしていたのかもしれません。それゆえ、蓄財を」

小野川の考えを受け、

「相当に貯めておったのか」

白雲斎は問いかけた。

「摘発したのは米にして百石くらいですな。銭も千両以上です」

即座に小野川は答えた。

「なるほど、貯めたものじゃのう」

白雲斎は小さく笑った。

「面目ございません」

小野川は頭を下げた。

五

その頃、兵部の道場に錮女屋次郎右衛門が訪ねて来た。

「三浦屋さんの一件では大変にお世話になりましたな」

申し訳なさそうに次郎右衛門は言った。

「何もおまえが謝ることではない。おれも興味本位に引き受けただけだ」

兵部は気にするなと次郎右衛門を気遣った。

「そう言ってくださると、多少はほっとするのですが、それにしましても、脅した方が殺されるなんて、奇妙な一件でございましたな。まこと……」

と、嘆いてから次郎右衛門はふと思い出したように、

「そう言えば、近頃は性質(たち)の悪い女がおるそうですよ」

と、言い添えた。

「どんな」

生返事をすると、

「囲われるのを稼業にしているんですよ」

と、次郎右衛門は言った。

大店の主人に囲われようという女たちはいる。そうした女を斡旋する口入屋がいる。女は口入屋から斡旋され、囲われる。ところが、囲われてから女は寝床でわざと寝小便をして旦那を辟易とさせ、愛想をつかせるようにもってゆく。そして手切れ金をせしめて次の旦那を見つけるのだとか。

「したたかだな」

兵部はひどいというより言葉に出したように、女のしたたかさに感心した。

「確かに、そうした女に翻弄されるのが男というものかもしれませんなあ」

次郎右衛門も達観めいた物言いをした。

「世の中、妙なものが流行るのはわかるが、これも泰平の証だな」

兵部は言った。

「金と閑を持て余しておる者はろくなことをしません。先だっても十八大通のみなさんが、御奉行所からきつい叱責を受けたとか」

次郎右衛門はおかしそうに笑った。

「どんなことだ」

兵部は次郎右衛門に合わせて問いかけをした。

「座興でお侍の格好をしたそうなんですよ。それで、お座敷で遊んでいたらよかったんでしょうけど、お侍の格好で市中を徘徊したそうなんですね」

しかも酔った上とあってすっかり侍気分となっていたものだから、いさかいを起こし、それで侍の扮装をしていることが発覚したのだとか。

侍の扮装をした者たちは過料（かりょう）を申し付けられたそうだ。

「侍なんぞ、商人がなりたがるほど良いものではないぞ」

兵部は苦笑したが、

「それは、兵部さまがお侍だからですよ」

次郎右衛門が言うと、

「侍と申しても浪人だ」

兵部が返す。

「浪人でもお侍ではありませんか」

「それはそうだがな」

兵部はあくびをした。

それから、

「おまえは侍になりたいと思うのか」

と、真顔で問いかけた。

次郎右衛門はかぶりを振り、

「手前は商人、町人が性に合っております。こう申してはなんですが、兵部さまもお侍以外では生きられませんぞ」

大真面目に次郎右衛門は言った。

「商いの才はなし、手先が器用でもないから職人にもなれぬな」

兵部は笑った。

「では、これで」

次郎右衛門は帰っていった。


半時後、銀之助が探索の報告にやって来た。

「偽勘吉を殺した者、まだわかりません」

銀之助は頭を下げた。

「そうか……それで、柳森稲荷の界隈を夜回りしていた南町の同心、誰かわかったのか」

兵部が問いかけると銀之助は顔を曇らせ、

「それが、その同心もわからないのですよ」

返答がないため、銀之助は南町奉行所に足を運んで問い合わせたという。しかし、該当者はいなかった。

「柳森稲荷界隈を夜回りしている者などいない、という返事でした。もっともですよね。何か特別な事件や捕物出役でもない限り、夜更けに目的もなく町廻りはしませんね」

「そうか……では、南町が惚けておるのか、それとも北町に内緒で徘徊していた者がおったのではないか。勘繰りかもしれぬが、たとえば、夜鷹を取り締まる名目で袖の下をもらおうとたかっていたのかもしれんぞ。それを内緒にしたくておまえに黙っておるのかも、あ、いや、朋輩を悪く言うつもりはないがな」

兵部の推量を受け、

「北町に限ってそれはない、と申せば身贔屓に聞こえるかもしれませんが……」

銀之助は言った。

「そうか」

兵部は呟いてから、

「もしかして、その八丁堀同心だがな、まがい者ではないのか」

　兵部は次郎右衛門から聞いた十八大通が侍の格好をして奉行所から過料を科せられた一件を思い出した。

「まがい者ですか。八丁堀同心の扮装をしておる、ということなんですね」

「そういうことだ」

　と、返してから兵部は十八大通の一件について話した。

「なるほど、ということはその男は八丁堀同心の格好をして柳森稲荷界隈を徘徊していたということですか」

　興味を抱いたようで銀之助の声は大きくなった。

「そう考えれば、八丁堀同心が見つからないのも納得できるというものだ」

　兵部は言った。

「しかし、どうして八丁堀同心の格好なんぞして、夜の町をうろつくのでしょう。何か利得に預かろうという魂胆（こんたん）なのでしょうか」

　銀之助は首を傾げた。

「いや、違うだろう。もし、そんなことをすればたちまち偽者であることが発覚してしまう。おそらくは八丁堀同心になりたいんだよ。八丁堀同心に憧れの気持ちを抱いているのではないか」

兵部の考えに、

「八丁堀同心に憧れですか……不浄役人と蔑まれているんですよ」

銀之助は理解できない、と盛んに首を捻った。

「おまえは八丁堀同心だからわからないのだ。世の中には髷を小銀杏に結い、巻き羽織で粋に町を闊歩する八丁堀の旦那になってみたい、と憧れておる者もおるのさ。腰に十手を差してな。ただ、昼間、そんな格好で町を歩いたらお咎めになるから、夜にこっそりとそんな格好で回っているのだ」

兵部は言った。

「そういうものですか」

銀之助は首を捻った。

「ともかく、その偽八丁堀同心を見つけなければならぬな」

兵部は言った。

「わかりました。しかし、これでひとつ手がかりができました」

銀之助は俄然やる気になったようだ。

「よし、早速、今夜から偽者を見つけようではないか」

兵部もやる気になった。

その日の夜、兵部と銀之助は柳森稲荷に潜んだ。

「またも出没するでしょうか」

銀之助は不安そうだ。

「出没するさ」

確信を持って兵部は断じた。

「だといいのですが」

不安が去らない銀之助に、

「八丁堀同心になりたがっている男だ。それで、悪いことをしているわけではない。十手を使って悪事を働こうとか儲けようとかいうのではない奴だ。とにかく八丁堀同心の格好をしたい奴なんだ。そんな奴だから八丁堀同心の格好をして夜歩きをするさ」

確信を持って兵部は断じた。

「なるほど、そういうものですか」

銀之助も納得した。

それから兵部と銀之助は境内の人造富士に隠れた。

やがて夜四つの時の鐘が鳴った。

すると、鳥居に人影が立った。

小銀杏に結った髷、巻き羽織、八丁堀同心に間違いない。

兵部が出て行こうとするのを、

「拙者に任せてください」

銀之助が言うと、兵部はうなずいた。

銀之助は偽八丁堀同心に近づいた。偽同心は銀之助に気づくと稲荷から出て行こうとした。

「待たれよ」

銀之助は声をかけた。

偽同心の足が止まる。銀之助は偽同心の前に立った。

「夜回りですか」

気さくな調子で銀之助は声をかけた。

「ええ、まあ」

曖昧に偽同心は口ごもった。見たところ三十前後の冴えない顔つきである。伏し目がちで、いかにも自信なさそうな態度であった。

「拙者、南町の近藤です。貴殿は北町ですか」

自分を南町と偽って問い質した。

「はあ、北町です」

偽同心は答えた。

「北町の……」

氏名を確かめた。

「北町の、は、服部(はっとり)です」

偽同心は声を上ずらせた。

ここで近藤は十手を抜き、

「嘘も大概(たいがい)にしろ。北町におまえはいない」

銀之助は怒鳴りつけた。

偽同心はすくみ上がった。

「何故、八丁堀同心を騙(かた)るのだ」

銀之助は穏やかに問いかけた。そこへ兵部もやって来た。

「申し訳ございません」

偽同心は頭を下げた。

「問いに答えてくれ」

銀之助が促す。

「拙者、八丁堀同心に憧れておるのです」

と、答えてから御家人の服部一太郎(いちたろう)だと名乗った。

「それで、八丁堀同心の格好でこの界隈をうろついていたのか」

銀之助は確かめた。

「そうなのです」

服部は米搗飛蝗(こめつきばった)のように何度もお辞儀をした。

「十手を悪用していないのだな」

銀之助は言った。

「滅相もない。断じてそんなことはしておりませぬ」

声を大きくして服部は答えた。

「この扮装、何処で手に入れたのだ」

銀之助の問いかけに、

「それは……」

服部は答えるのを渋った。

　ここで兵部が、

「こりゃ、自身番、いや、奉行所に同道してじっくりと話を聞いた方がいいぞ」

　と、割り込んだ。

「そうですね」

　銀之助も同意したところで、

「わ、わかりました」

　慌てて服部は応じる態度を示し、

「上野黒門町の路地を入ったところにある質屋なんです」

　その店には八丁堀同心の小袖、羽織、十手が揃っているという。そればかりか様々な贋物が揃えてあるのだそうだ。

「けしからん店だな」

　銀之助は憤慨した。

　服部は詫びた。

「すみません」

「まあ、それはともかく、その質屋のことは後日調べるとして、おぬしに確かめたいことがあるのだ」

銀之助は話を勘吉、峰蔵、熊次郎殺しに転じた。

「ああ、柳森稲荷での殺しですか」

服部は言った。

「何か気づいたことはないか」

銀之助は問いかけを重ねた。

「そうですね……」

思案するように服部は眉間に皺を刻んだ。

何か知っているようだ。

「なんでもいい」

銀之助は言った。

「数人の男が走ってゆきました」

服部が言うには黒装束を身に着けた異形の一団が柳森稲荷の周辺から走り去ったという。

「異形というと……」

兵部が問いかけると、

「天狗の面を被った者、口から火を噴く者、頭の上で独楽を回している者、短刀をお手玉のように操っている者、青龍刀を呑む者……そして、異形の者たちの頭目らしき男は背が高く、頭巾の頂きが尖っているようでした。見ただけで全身が粟立ちました」

思い出したようで服部は声を上ずらせた。

「なるほど、異形の者たちだな。三人のひどい殺されようからして、そいつらが下手人なのは明らかだ」

兵部らしい決めつけだが、

「その者たちが下手人に違いないですね」

銀之助も同意した。

「おそらくは……いや、絶対に間違いありません」

服部も口調を強めた。

ここで兵部が、

「何故、そのことを黙っておったのだ」

と、不満を抱きながら問いかけた。

「それは……」

服部はぶるぶると震え始めた。恐怖に顔を引き攣らせ、眼前に件の侍が現れたような雰囲気だ。

「どうした」

銀之助が踏み込んだ。

「恐ろしくなったのです」

服部は言った。

「どうしてだ」

銀之助は更に問いかけた。

「自分も三人のように無残な殺され方をするのでは、と」

服部は声を上ずらせ、平謝りに謝った。

下手人が異形の集団とすれば、服部を責められないと兵部も銀之助も思った。

第三章　異形（いぎょう）の一味

一

十二日の朝、左膳が母屋の寝間を覗くと五平次がいない。布団が畳まれ、隅に置かれていた。

まさか出ていったのか。

しまった、と思っていると、

「傘張り小屋にいらっしゃいますよ」

美鈴が語りかけてきた。

「傘張り小屋に……」

呟くと左膳は寝間を出て傘張り小屋に向かった。

傘張り小屋に入った。

五平次が傘の骨に油紙を貼っている。側で長助が見守っていた。五平次は手先が器用なようで危なげのない手つきで作業を進めていた。

「何も傘張りなんぞしなくても」

左膳が声をかけると、

「いや、せめてものお返しでござります」

特に気負った様子もなく五平次は返した。恩返しというよりは、なんだか楽し気にさえ見える。左膳も五平次と向かい合わせに座し、傘を張り始めた。

しばらくは黙々と作業を続け、一段落をしたところで、

「勘定奉行小野川出雲守殿に会ってきた」

と、徳川家康直筆の折戸茄子の絵を見物した経緯を語った。

「ところが、その絵は真っ赤な贋物であったのだ。大殿、白雲斎さまの目利きでわかったのだがな」

左膳は家康の花押が違っていたことを話した。

「ほう、小野川殿は贋物を掴まされたのですか」

愉快そうに五平次は言った。

「あるいは三浦屋百兵衛が贋物と知らずに買い取ったのかもしれぬがな」

左膳は返した。

しばらく五平次は思案をするように虚空を見つめていたが、

「三崎村の代官陣屋に大きな小屋がありました……」

と、思い出しながら語るには、その小屋には沢山の浮世絵や鼈甲細工の小間物、骨董品があったのだそうだ。

「村人も知っておりました。村人は木造小屋と呼んでおりました。浮世絵や鼈甲細工の他にも木工細工の品々がありましたので木造小屋であったのですが、陰では木造ならぬ模造小屋と呼んでいたそうです」

おかしそうに五平次は言った。

「どういうことだ」

興味を抱き、左膳は問い直した。

「小屋にある浮世絵、鼈甲細工などは悉く贋物だったのです。つまり、模造品ということで」

笑いながら五平次は答えた。

次いで、

「初めて来栖殿にお会いした小料理屋、小春でお目にかけた写楽の『大首絵』、実は陣屋の模造小屋で買い求めたのです」

と、手で頭を掻いた。

「浮世絵に詳しくはないゆえよくわからぬが、贋物にしては出来が良かったのではないか。写楽の浮世絵はともかく、代官の伊藤加治右衛門はどうして贋物造りなんぞに勤しんでいたのだ」

「伊藤は村人を楽しませようとしたようです。江戸での流行り物を領民たちにも楽しませるというのが名目でした。それゆえ、木造小屋は領民に解放しており、様々な浮世絵を安価な値で売りさばいていたのです」

領民たちは五文から精々十文で歌麿(うたまろ)、北斎(ほくさい)、写楽の浮世絵が手に入る、と喜んでいた。

浮世絵は江戸詰武士が帰国の際に土産として買い求めるくらい人気がある。三崎村の領民たちにも好評であったのだろう。

浮世絵に限らず、鼈甲細工の小間物、茶器や壺といった骨董品が安い値で売られていた。みな、贋物だと承知の上で購入していた。

米や銭金を不正に蓄財していた悪代官の伊藤の意外な一面である。模造品で私腹を肥やしていたとしても、領民思いの慈悲深い代官ではないか。

「伊藤は領民思いの一面を持っていたということか」

「そのようなのです。ただ、御庭番を統括する林田肥後守は伊藤に抜け荷の疑いあり、と勘繰っておりました。拙者が報告した際、模造小屋の実態調べが甘い、と叱責されました。模造小屋に踏み込んだ探索をしなかった拙者を責めたのですな。林田は伊藤が抜け荷を行っており、模造小屋はそれと関係しているのではないか、とまで推論しました。もっとも、その直後に拙者を襲わせたのですが……」

「林田殿は何故、模造品と抜け荷が関係しておると見なしておったのか」

「浮世絵は江戸詰の武士が土産にする程、日の本全土で喜ばれておるのですが、日の本ばかりか西洋の国々でも評判が良いそうなのです。西洋人の目には物珍しいようで、日の本の風物が珍奇な絵として描かれている点が一部の好事家には好評だとか」

「ほう、なるほどのう、西洋人は浮世絵を通じて日の本を知るのか……」

「高値で買い取る好事家も珍しくはなく、その上、手軽に持ち運びができますからな、抜け荷品としては適しているのです。くどいですが、浮世絵に限らず模造小屋には数多の贋物が造作されておりました。浮世絵以外にも抜け荷品にされたかもしれない、と林田は疑っておりました。拙者に伊藤を調べるよう命じた当初は本気で伊藤の不正や抜け荷を疑い、真実を明らかにしようとしていたのだと思います」

ため息混じりに五平次は語り終えた。

「御庭番を統括する責任を感じていたのであろう」

左膳は好意的に評価したが五平次は失笑を漏らし、

「林田を悪く言うのは不忠者のそしりを受けますが、林田は出世欲の塊です。御庭番を統括する者としての責任というよりは、代官の抜け荷を摘発することで大きな実績を挙げ、側用人への足掛かりにしようという思惑があったのでしょう。それが、小野川に抱き込まれてしまった。林田にしてみれば、下手に天領の代官の罪を暴き立てるより、天領を治める勘定奉行たる小野川に任せ、尚且つ小野川に貸しを作る方が得だと判断したのです」

林田への嫌悪が溢れ、五平次の顔は歪んだ。

左膳は納得したようにうなずいたが、

「西洋人どもに歌麿や写楽、北斎の値打ちがわかるものかのう。そりゃ、よほど浮世絵に造詣(ぞうけい)が深い者であれば理解できるであろうし、そこに値打ちを見出すであろうが、多くの西洋人向けであれば絵の上手い領民に浮世絵を描かせて売ればよいではないか。

わざわざ、有名な絵描きの絵を模造させることもあるまい」

　疑念を口にすると、

「そうなのです。実は拙者も同じことを思ったのです。ということは浮世絵や鼈甲細工、木工細工の品々は、やはり伊藤が領民どもを楽しませるために造作しておったことになるのでしょうか。しかし、一方で陣屋には大量の米や金が蓄えられていたのも事実なのです」

　五平次は改めて疑問を呈した。

「伊藤が領民思いの代官であったとしたなら、米や金は災害や疫病(えきびょう)、飢饉(ききん)や大火への備えと推量できるが」

　左膳の考えを五平次は、「違います」ときっぱりと否定してから、

「備えの米は土蔵に備蓄してありました。銭金は不明ですが、拙者が見つけた米や金とは別に仕舞ってありました」

「すると、やはり模造品は領民のためというより私腹を肥やすためであったのか。領民には安価に売っておったのだから、そなたが見つけた大金には到底ならぬであろう」

　左膳は再び考え込んだ。

　五平次がはっとなって、

「江戸や上方の分限者に売っておったのではないでしょうか。浮世絵は領民向けに売り、骨董品は江戸や上方の金持ちに売るのです」

　と、自分の考えを述べ立てた。

「なるほど、それはあり得るかもしれん。しかし、たびたびそなたの考えにけちをつけるようですまぬが、高い骨董品を買うような分限者どもは、それなりに目が肥えた者が多いのではないか」

　左膳の異論に、

「ごもっともです。それでも、好事家という者には掘り出し物を見出すことを何よりの楽しみにしておる者がおります。そうした者たちは多少贋物を摑まされるのを承知で買い取っています」

　五平次も反論で答えた。

「もっともだな」

　左膳は、一旦は受け入れたが、

「それもどうであろうな。贋物を摑まされたとなると好事家は用心するようになるだろう。そうそう何度も売れないではないか」

と、新たな疑問を投げかけた。

「確かに……」

と、五平次は言葉に詰まった。

「こうは考えられぬか」

左膳は自らの考えを切り出した。

「神君家康公直筆というまがい物の絵を三浦屋百兵衛は三浦半島のさる村の庄屋から手に入れたそうだ」

「決めつけられませぬが、さる村とは三崎村、そして庄屋は模造小屋で買い求めたのではないでしょうか」

「その可能性は大いにあるな。庄屋も贋作を承知で買い取ったのであろう。百兵衛にいくらで売りつけたのかは知らぬが、その庄屋に限らず、模造小屋で買った贋物を何食わぬ顔で本物と偽って売っておる者もおるであろう。売り先は骨董に詳しい好事家ではなく、成金のような者たちだ」

左膳の考えに、

「そうかもしれませぬな」

五平次も賛同した。

「それにしても、伊藤は随分と大々的に贋作造りに励んだものだな」

左膳は言った。

「伊藤の独断とは思えないです。贋作とはいえ、精巧な仕上がりぶりです。造作するには、相当な腕が必要です。伊藤はそれら手練れの者たちを集められるものか、という疑問もあります」

「となると、やはり、背後には勘定奉行小野川出雲守がおるのかもしれぬ。見せてもらった家康公直筆の折戸茄子の絵が伊藤の模造小屋で造作されたのだとしたら、小野川も騙されたということか。あるいは、贋物と承知で手に入れたのか。おそらくは、贋物と承知であったのだろう」

「となりますと、小野川は贋物造りで大儲けをしておる、ということですか」

五平次は言葉に怒りを滲ませた。

「その可能性は大きいですぞ」

左膳も糸が繋がったように思えてきた。

「伊藤に罪をなすりつけ、己はぬくぬくと勘定奉行の座に居座るとは」

五平次は怒りを滾(たぎ)らせた。

「罪を償わせねばならぬ」

左膳も小野川を批難した。

「ですが、公儀御庭番を敵に回すことになります。御庭番には表沙汰にはしていない恐るべき殺しの手練れがおります。かの者たちは、剣はもちろん、恐るべき武器で狙った者たちを仕留めるのです」

語るうちに五平次の目には恐怖の色が彩られた。それを見ただけで恐るべき集団だとわかる。

「貴殿を襲った連中だな」

あの夜の異形の者たちだろう。

「その通りです。拙者をお助けくださったばかりに……かの者たちは以前にも申しましたが、暁衆と呼ばれております」

申し訳なさそうに五平次は頭を垂れた。

「それはもう言わぬことだ、と申したではないか」

左膳は異形の者たち、すなわち暁衆の名を脳裏に刻んだ。

二

御側御用取次林田肥後守盛康邸の御殿書院に小野川春政が訪れた。

林田は三十路半ば、色が白くのっぺりとした顔、吊り上がった目が冷酷そうな雰囲気を醸し出している。小野川が裃（かみしも）に威儀（いぎ）を正しているのに対し、林田は自邸ゆえ羽織は重ねているものの、小袖の着流しという気楽な格好でくつろいでいる。

書院の床の間に飾られている掛け軸を見ながら、

「林田さま、目利きにかかれば贋物はあくまで贋物でございますな」

苦笑を漏らし小野川は言った。

「これを贋作と見抜くのはよほどの目利きなのではないか」

林田は掛け軸から小野川に視線を転じた。

「さすがは白雲斎さまですな。家康公の花押の変遷をご存じとは」

小野川も視線を掛け軸から林田に移した。

林田はくすりと笑い、

「小野川殿、白雲斎さまにしてやられたのかもしれませぬぞ」

「と、おっしゃいますと」

ぽかんとなって小野川は返した。

「いかに白雲斎さまでも、家康公の花押を全てご存じのはずはない、のではござらぬか」

林田に指摘され、

「白雲斎さまは鎌をかけた、ということですか……こりゃ、やられましたな」

小野川は眉間に皺を刻んだ。

「そういうことだ。小野川殿は白雲斎さまにからかわれたのだ」

林田は笑った。

小野川は唇を嚙み、

「迂闊(うかつ)でした。白雲斎さまは鎌をかけたのでしょうが、今後も訳知り顔で花押の不備を言い立てる者が現れるかもしれませぬ。それに備えて、大御所の頃の花押を手に入れねばなりませぬな。模造小屋で作り直させるとしますぞ」

と、気を取り直した。

「そんな必要はないぞ。家康公の花押を年代順に熟知している者など、まずはおりはせぬ。もっともらしき体裁を取り、家康公直筆の絵だと取り繕えば、それでありがたがる成金どもは世に珍しくはない」

林田は言った。

「ごもっともにございますな。成金どもはとかく自分に箔をつけたがるもの。また、箔のついた品を珍重する。奴らにとって箔とはもっともらしい由緒とそれにも増して高い値段でござります。物の値打ちを銭金でしかわからぬ愚物でござります」

ここぞとばかりに小野川は成金を蔑んだ。

「そうした愚物どものために、もっと造作させたらよい。売りまくればよいのだ」

林田は興に乗って勧めた。

「お言葉ですがあまり沢山造作をしますとありがた味がなくなります。申すまでもなく、物の値は売りさばく量と求める者の数で変わります。少ない物に大勢の買い手があれば値は上がりますが、逆ですと値は下がる……神君御直筆の絵が値下がりしてはなりませぬ」

訳知り顔で小野川は持論を語った。

「ならば、何枚程がよかろうな」

林田は問い直す。

「そうですな。掛け軸にして一幅二千両を五幅造作させましょう。江戸は避け、名古屋、金沢、京、大坂、長崎で一幅ずつ売るのがよろしいかと。全部を売れば一万両になりますな。ぼろ儲けですぞ」

喜びの表情で小野川は言った。

「取らぬ狸の皮算用、浮かれてはならないぞ。あまりにやり過ぎるとわしとて庇いようがない」

戒めるように林田は顔を歪めた。

図に乗りました、と詫びてから小野川は表情を引き締めて問いかけた。

「ところで、伊藤の内偵をした御庭番ですが、その後、いかがなりましたか」

「行方がわからぬ」

悔しそうに林田は答えた。

「よもや、その者の口から企てが漏れるようなことは……」

不安そうに小野川は言葉を留めた。

「御庭番ごときが何をほざこうと大したことにはならぬ……そもそも御庭番たる者、与えられた役目は決して口外してはならぬからな……」

林田は心配ないという言葉とは裏腹に不安が募ったようで言葉尻が曖昧に濁った。

次いでそんな不安を消し去るように続けた。

「用心に越したことはない。河津五平次、その御庭番であるが、河津を始末しようとした時、河津を助けた者がおる。その者、相当の手練れであったとか。よって、暁衆にその者の素性も探らせておるところじゃ」

林田が言うと、

「御庭番、暁衆の攻撃を退けるとは相当な手練れと想像できますな。そのような者の素性は遠からずわかるのではありませぬか」

「それを期待しておる」

林田が答えたところで、

「羅門(らもん)です」

という野太い声が聞こえた。

暁衆頭目の羅門甲陽斎(こうようさい)である。

「入れ」

林田が返すと、襖が開き羅門が入って来た。地味な小袖に身を包み、引き締まった身体とそれにふさわしいきびきびとした所作で部屋の隅に座した。

尖った禿頭がてかてかと光り、頬骨が張った面構えは武芸者の凄みを湛えている。

「河津を助けた侍の素性がわかりました」

低いが野太い声で羅門は告げた。

林田はうなずくと続きを促した。小野川も期待を込めた目となった。

羅門は視線を落として答えた。

「羽州（うしゅう）鶴岡藩元江戸家老、来栖左膳です」

途端に小野川が、

「来栖じゃと」

と、驚きの声を上げた。

小野川は慌てて手で口を塞ぎ、林田の視線を受けながら続けた。

「わが屋敷に家康公直筆の絵を鑑賞に白雲斎さまが来訪なさった時、来栖左膳を伴っておったのです」

「ほう、そうか……すると、白雲斎さまは我らの企てに感づき、探りを入れておるのかもしれぬな」

林田は憂慮（ゆうりょ）した。

「それは厄介ですな。はったりとは申せ、白雲斎さまは、家康公直筆の絵を贋物だと見抜かれました。今にして思えば、我らが模造品を造作して儲けていることの確証を得ようとしたのかもしれませぬ。拙者としたことが迂闊でした」

小野川は拳を作った。

「まだ、そうと決まったわけではない。焦って、いらぬ尻尾を出さぬようにせねば。来栖左膳は鶴岡藩から離れておるのだ。今は江戸家老ではないぞ」

ゆとりを示すように林田は表情を緩めた。

「お言葉ですが、来栖には噂があります。白雲斎さまが老中であられた時、鶴岡藩の羽黒組と呼ばれる忍び組を統括し、御庭番とは別に独自の探索を行っておられた、それを担ったのが来栖左膳である、と。来栖が鶴岡藩を去った後も、鶴岡藩の羽黒組は依然として来栖が統括し、影の探索を行っておる、そんな噂がございます」

不安そうに小野川は言い立てた。

「あくまで噂だ。噂というものは尾鰭がつく、実際のところ来栖は浪人に過ぎぬ。ただ、白雲斎さまは来栖と馬が合い、隠居後の無聊の慰みに来栖と一献傾けるのを楽しみとなさっておられる、と耳にしたことがある」

林田は小野川の言葉を否定しながらも不安そうに羅門を見て、左膳の暮らしぶりを確かめた。

「来栖は傘張りで暮らしております。来栖が張る傘は大変に評判がよく、重宝がられておるようです。倅の兵部は自宅近くで剣術道場を営んでおりますが、来栖天心流という無名の流派とあってか門人は少なく、家主の傘屋が斡旋して剣術好きの町人ばかりが入門しておる始末です」

探索結果をすらすらと羅門は語った。

「傘張り浪人か」

林田は侮蔑の笑いを浮かべたが、

「それはうわべのことではありませぬか」

却って小野川は疑念を深めた。

「勘繰り過ぎではないのか」

宥めるように林田は異論を唱えたが、

「来栖が河津を助けたのは事実です。我らの模造品造作を探っておる過程で河津に接したのではないにしても、河津の口から三崎村の代官陣屋で模造品造作が行われているのを耳にしたのかもしれませぬ」

小野川の危機感は去らない。

「勘繰ればきりがないが、安堵するには来栖左膳の口を封じるしかないな」

林田は言った。

「それが望ましいのではござりませぬか。河津と一緒であるなら、尚更好都合でというものです」

小野川は林田から羅門を見た。

「いつでもご命じくだされ」

羅門は軽く頭を下げた。

「来栖と河津を始末するにしても、来栖宅を襲うのはよくないぞ。江戸市中の民家、しかも大名家の元家老の住まいが襲われたとあれば、大変な騒ぎとなる。白雲斎さまは黙ってはおらぬ。幕閣に手を回して襲撃した者を血眼(ちまなこ)になって探すであろう。さすれば、襲撃した者の探索を通じて暁衆が浮かんでくる。暁衆を動かせるのはわしだけじゃ」

自分に災いが及ぶと林田は懸念を示した。

「ですが、自宅外で殺しても白雲斎さまは黙ってはおられませぬぞ」

小野川は言った。

「それは違う。自宅を襲撃すれば、来栖のことだ。大いに抗(あらが)い、近隣も騒ぎに気づく。たとえ仕留めたとしても、襲撃の噂は広まる。よって、幕閣も動かざるを得ない。しかし、自宅以外の場所で密かに始末すれば、いかようにも処理できる。つまり、亡骸すらも消し去ればよい。行方知れずとなれば、白雲斎さまとて疑いはしても、幕閣を動かすまではできまい」

　冷静な林田の判断に、

「さようですな。まさしく、おっしゃる通りですな」

　小野川も納得した。

「羅門、来栖と河津、密かに始末せよ」

　改めて林田は羅門に命じた。

「承知しました」

　羅門は笑みを浮かべた。

「楽しそうだな」

　林田に指摘され、

「骨のある男に巡り合えましたから。倒し甲斐があります」

　武芸者として羅門は心情を吐露した。

「そうか、それはよかったのう」

　林田は笑った。

「暁衆の腕の見せどころですな」

　ほっとしたように小野川が言った。

「さて、あとは模造品の大量売買であるな」

林田は言った。

「ちゃんと、考えております」

小野川は言った。

「何処だ」

「海辺新田(うみべしんでん)です」

静かに小野川は答えた。

海辺新田は江戸湾に面した埋め立て地である。新田が開発されているが未開の野原も広がっている。小野川は野原を巨大な盛り場にする構想を抱き、幕閣に提言している。

「なるほど、海辺新田か。そこならば、町方(まちかた)の管轄外であるな。贋物を売りさばくには好都合じゃ」

納得して林田は受け入れた。

「当日は是非ともお越しくだされ」

慇懃に小野川は申し出た。

「承知した」

林田も上機嫌で返事をした。

羅門はにやりとした。

三

二日後、左膳宅の庭で五平次は張った傘を乾かしていた。好天(こうてん)に恵まれ、彩り鮮やかな傘が広げられた様は花が咲いたようだ。

それを見ていると五平次の頬は緩んだ。

すると、小僧が駆け込んで来て書付を渡してきた。

「誰から頼まれたんだい」

顔はにこやかだが心の内ではひしひしと危機感が湧いてきた。ここに自分がいるのは誰も知らない。それが書付を寄越したということは林田肥後守の手の者、暁衆であろう。

「知らないおじちゃん」

小僧は答えた。

「ありがとうよ」

五平次は懐中から飴を取り出し小僧に与えた。

小僧が去ってから書付を広げる。

「明日の払暁、両国の唐井明神にて待つ、来栖左膳を同道せよ……」

読み終えたところで左膳がやって来た。

五平次は左膳を巻き込んでしまった申し訳なさによって書付を見せるのが躊躇われたが、

「敵が連絡をしてきたのか」

左膳は五平次が小僧から書付を受け取ったのをしっかりと見ていた。五平次は黙って書付を手渡した。左膳が目を通したのを確かめてから、

「暁衆は一度に始末をつける腹積もりのようです」

「挑まれたのだ。逃げるわけにはいかぬな」

左膳は静かに決意を示した。

「相手は何人来るのかわかりませぬ」

五平次が不安を示すと、

「江戸の市中だ。そんなに多人数ではあるまい。数によって挑戦を拒絶するわけにもいくまい」

左膳は言った。

「おっしゃる通りです」

五平次も受け入れた。

「さて、鈍った身体を鍛えるか」

左膳は素振りでもするかと余裕の笑みを浮かべた。


翌朝、左膳と五平次は暁衆が待ち受ける両国の明神にやって来た。両国西広小路の路地を入った突き当りにある小ぢんまりとした神社である。

左膳も五平次も黒木綿の小袖に裁着け袴を穿き、額には鉢金を施している。

空は黒雲がたちこめ、今にも雨粒が落ちてきそうだ。

二人は境内の真ん中に立った。

境内に人けはない。暁衆と戦うには手狭だ。さては、こちらの動きを封じるためにこの神社を指定してきたのか。

敵の術中にはまったか、と危ぶんだが今更悔いても仕方がない。弱気は敗北に繋がる、と左膳は己を叱咤した。

待つ程もなく羅門がやって来た。羅門はきびきびとした所作で二人の前に立った。

他に誰もいない。

神社の何処かに潜んでいるのかと視線を走らせる。すると羅門はくるりと背中を向け、脱兎の如く走り去った。

左膳は五平次と顔を見合わせた。

そこへ雨粒が落ちてきた。たちまちにして雨量は増え、左膳と五平次をしとどに濡らす。

左膳と五平次は雨中で佇んだ。

四

自宅に戻った。

一体、暁衆は何をしたかったのだという強い疑問を抱きながら、まずは雨に濡れそぼった着物を着替えたい。

母屋の玄関に入り、

「美鈴」

呼びかけたが返事はない。

玄関を上がり、美鈴を探そうとした。

「来栖殿」

五平次が左膳に声をかけ、玄関の三和土に落ちていた書付を拾った。左膳は受け取り、目を通した。

美鈴をさらった、とだけ記してあった。

暁衆にやられた。

自分と五平次を誘い出しておいて美鈴をさらったのだ。

「おのれ」

左膳は唇を噛んだ。

「拙者のために……」

申し訳なさそうに五平次が頭を下げた。

「ともかく、羅門からなんらかの報せが届くでしょう」

左膳は気持ちを抑えながら言った。

よもや、羅門が美鈴に手出しをするとは思えない。いや、それは多分に希望に過ぎないことはわかる。美鈴をさらったのは左膳と五平次をおびき出すためなのだ。

兵部に告げるべきか。

左膳は歯噛みをした。

「林田の屋敷に行きます」

五平次は言った。

左膳は見返す。

「美鈴殿が林田の屋敷に拉致されたのかどうかはわかりませぬ。しかし、こうなったら、林田から話を聞くのがよいと思うのです」

五平次の考えに、

「はやまったことはやめなされ。羅門からの連絡を待ちましょう」

左膳は五平次をたしなめた。


美鈴は後ろ手に縛られ、目隠しに猿轡まで嚙まされて駕籠に乗せられている。駕籠の左右には美鈴を拉致した侍が伴走している。雨が駕籠の屋根を打ち、水溜まりを弾く駕籠かきの足音が耳に入ってくる。じたばたしても仕方がない、と美鈴は気持ちを落ち着けた。

何処へ向かっているのだろう。

耳をすませるが雨音が邪魔をして皆目見当もつかない。

左膳宅では、

「親父殿、美鈴は留守のようだな。遅い朝餉にありつこうと思ったのだが……」

兵部がやって来た。

自宅に寄り着かず、道場で寝泊まりをしていたために五平次とは初対面だ。左膳は五平次を紹介し、美鈴が拉致されたことを話した。

「公儀隠密が美鈴を……娘一人をさらうとは落ちたものだな。きっと、役立たずの御庭番なのだろう」

兵部は美鈴への心配と御庭番への蔑みが入り混じっているようで顔を曇らせた。

「それがな、暁衆と申して殺しにかけては手練れの者どもだそうだ」

左膳が言うと五平次が暁衆について説明した。

「頭目は羅門甲陽斎という男です。尖った禿頭が特徴で、羅門率いる暁衆は手裏剣、短刀投げ、吹き矢、火噴き、毒霧噴きなどの技を駆使する異形の者たちです。決して、侮れませぬ」

「ふ〜ん、暁衆と言うのか」

という兵部の言葉に、

「暁衆を存じておるのか」

左膳は問い直した。

「実は妙な殺しに関わったのだ」

と、兵部は三浦屋百兵衛の用心棒になり、島帰りの三人の男たちの殺しに関わったことを説明した。

「三人が殺された時、現場近くをうろうろしていた偽者同心が目にした異形の者たち、まさしく暁衆だ。三人殺し、暁衆の仕業に違いないぞ。それに、三人の殺され方、異常であった。一人は短刀で心の臓を刺された上に顔面に十字手裏剣を投げ込まれ、一人は顔に火を付けられ、残りの一人は額に独楽が刺さっていた。まさしく異形の者の仕業だな。おまけに、野良犬三匹の首が一刀の下に刎ねられてもいた。暁衆の仕業と考えて間違いあるまい」

兵部は断じた。

更には急いたように腰を上げ、

「暁衆は林田肥後守の命を受けておるのだろう。よし、おれが林田肥後守の屋敷に行って来る」

という兵部らしい早まった行動に、

「やめておけ。林田がはいそうですか、と美鈴を返すはずがない」

左膳は苦笑した。

「それもそうか……」

兵部はそれを受け入れてから、どすんと腰を下ろした。


美鈴は駕籠から出された。

雨がそぼ降る中、おそらく庭を歩かされ、建屋の一室に連れて来られた。

目隠し、猿轡を外されることはなく、導かれた一室に入った。

そこで目隠しの布切れと猿轡を外された。

「こんなひどい目に遭わせなくては父に勝てないのですか」

美鈴は臆することなく言い立てた。

美鈴の前に羅門が座った。

「安心しろ。そなたに危害は加えぬ。ただ、素直に話してくれればよい」

羅門は目を凝らした。

無言で美鈴は睨み返す。

おもむろに羅門は問いかけた。

「来栖左膳は今でも大峰家、特に大殿、白雲斎さまの命を受け、探索を行っておるのか」

「探索……父は浪人です。傘張りで糊口(ここう)を凌いでおりますよ」

はっきりと美鈴は答えた。

「それは世間を憚(はばか)っての仮の姿ではないのか。実は凄腕の隠密……実際、我らは来栖と刃を交えたがこれまでに遭遇したこともない腕であった。とても、市井(しせい)に埋もれているとは思えぬ」

首を左右に振り、羅門は疑問を投げかけた。

「父は武士として武芸の鍛錬を怠っていないのです。人を斬るための武芸鍛錬ではありませんわ。それに、傘張りは仮の姿なんかではありません。父が張った傘を御覧になれば片手間の仕事ではないとおわかりになります」

きっぱりと言い立て美鈴は横を向いた。

羅門は小さくため息を吐き、

「そのうち、本当のことを語りたくなるだろう」

と、腰を上げた。

美鈴が暁衆にさらわれたと知った五平次は、左膳の家から飛び出した。

幸い雨は上がったが分厚い雲が空を覆っている。

行く当てなどはない。闇雲に美鈴の拉致先を探そうにも無駄足を踏むだけだ。

と、戻ろうとしたところで人影が目に映った。風呂敷包みを背負い、手拭で頬被りをした行商人だ。

「岡部（おかべ）……」

公儀御庭番、岡部庄九郎（しょうくろう）である。

品川宿の旅籠で酒を酌み交わした後、五平次から代官、伊藤加治右衛門の不正を証拠立てる帳簿と品物を盗み取った男である。

岡部に背中を向けながら不意に振り返る。

一瞬、岡部が棒立ちとなった。

すかさず、五平次は駆け出した。慌てて踵（きびす）を返した岡部の背負った風呂敷包みを摑み、地べたに引き倒す。

「林田さまの指図……林田さまに河津五平次を殺せと命じられたのか」

馬乗りとなって五平次は詰問（きつもん）した。

岡部は固く唇を引き結んで黙り込んでいる。五平次は右手で腰の脇差を抜き、刃を岡部の首筋に当てた。

「吐け!」

両目を吊り上げ、怒鳴りつけた。

「……林田さまには命じられておらぬ。おまえを殺そうと思ってやって来たのではない」

息を荒らげ、岡部は答えた。

「ならば、おまえの意志でおれを狙ったのか」

五平次は目を剝いた。

「違う……おまえに申し訳ない、と詫びに来たのだ」

意外なことを言い出したが到底信じられるものではない。

「本当だ」

岡部は哀願するような目で繰り返した。

その時、

「竹や〜竿竹〜」

という竿竹売りの売り声が聞こえた。

五平次は岡部の首筋につきつけた脇差を離し、腰の鞘に納めると、

「大丈夫かい」

と、労わりの声をかけながら岡部を抱き起こした。そこへ、竿竹売りが通りかかった。

「こりゃ、どうもすみません」

岡部は五平次の対応に合わせた。

竿竹売りが去っても岡部は逃げようとはせず五平次を見返して語り出した。

「林田さまに命じられ、そなたから帳簿と証拠品を盗んだ。林田さまはおまえが手に入れた証拠品を勘定奉行、小野川出雲守さまに売ろうとしておる、と申されたのじゃ。しかし、それは偽りだとわかった」

「何故、わかったのだ」

五平次は問い直した。

「渡辺が暁衆に殺された。わしも狙われておる」

渡辺金蔵は品川宿の旅籠で一緒になったもう一人の御庭番である。林田が岡部と渡辺の口封じに出たことで、自分たちが欺かれたのを悟ったのだった。

「わしら、使い捨てじゃ」

岡部は嘆いた。

「これからどうする」

五平次が訊くと岡部は弱々しく首を左右に振った。どうしていいのかわからないのだろう。

「おまえは」

岡部に問い直され、

「暁衆の棲み処を探っておる。世話になったお方のお嬢さんが暁衆に拐かされた。なんとしても取り返したい」

五平次は強い意志を目に込めた。

「死にに行くようなもんだぞ」

岡部はやめておけと言った。

「死を賭してもやらねばならぬ。それに、命なら暁衆に狙われた時、失っておった。来栖殿のお陰で拾った命だ。来栖殿とお嬢さんのために捨てるのは本望……ちょっと待て、おまえ、死にに行くようなもの、と申したな。暁衆の居所を存じておるのか」

思わず、五平次は岡部に詰め寄った。

後ずさりをしたが岡部は首を縦に振った。

「何処だ」

五平次は畳みかけた。

「谷中だ」

答えてから岡部は、

「わしについて来い」

と、言った。

意外な申し出に驚きの目を返すと、

「使い捨てにされ、野良犬のまま野垂れ死にはしたくない」

岡部は意地を見せると決意を語った。


半時後、五平次は岡部の案内で谷中にやって来た。寺院が建ち並ぶ一角を抜けると雑木林が広がっており、

「雑木林を抜けた閻魔堂に暁衆は巣食っているんだ」

岡部が言った。

五平次はうなずくと雑木林に足を踏み入れた。岡部もついて来た。

岡部が言ったように閻魔堂があった。

周囲を黒板塀が囲み、門は閉ざされている。

五平次と岡部は顔を見合わせる。岡部はうなずき黒板塀の側で両手、両膝をついた。五平次は岡部の背中を足掛かりとして黒板塀に飛びついて跨いだ。続いて岡部を見下ろし、右手を伸ばした。

今度は岡部が五平次の腕を摑み跳び上がった。五平次は腕を引っ張り、五平次を助ける。

二人は黒板塀の頂きに並んで腰を落ち着けて境内を見回した。閻魔堂の他に平屋がある。大きな樫(かし)の木があり、その脇には井戸、雑草は刈り取られていた。静かな佇まいで、暁衆のような異形の者たちの棲み処とは思えない。

閻魔堂を見ると観音扉に閂(かんぬき)が掛けられている。

「人質はどちらに囚(とら)われておるのだろうな」

岡部が閻魔堂と平屋を交互に見た。

「近づき、様子を確かめなければわからぬ」

五平次は黒板塀から飛び降りた。岡部も続く。

「よし、荒療治でいこう」

岡部は背中の風呂敷包みを解くと地べたに広げた。数個の焙烙玉(ほうろくだま)が現れた。岡部はにんまりとして腰の煙草入れから火打ち石を取り出すと焙烙玉の導火線に点火した。

五平次はやめさせようとしたが、岡部は焙烙玉を樫の木に向かって投げ、

「伏せろ！」

と、五平次に声をかけた。

五平次が身を伏せたところで爆音が耳をつんざいた。

樫の木が燃え上がる。

平屋から男たちが飛び出して来た。

岡部は立ち上がると点火した二個目の焙烙玉を閻魔堂に投げた。

再び爆音が轟き、観音扉が破壊された。

「こっちだ」

岡部は両手を打ち鳴らし、男たちを挑発した。次いで、ちらっと五平次に目配せをした。

囮を買って出てくれたようだ。

五平次は足音を忍ばせ、庭を横切った。炎に包まれた閻魔堂の中に視線を向けると無人である。

美鈴は平屋に監禁されているに違いない。

五平次は平屋に飛び込んだ。

玄関を上がり、廊下を歩いて奥に向かう。

「美鈴殿！」

声をかけると、

「ここです」

と、美鈴の声が聞こえた。

五平次は声のする部屋に入った。美鈴は縄で後ろ手に縛られ、柱に繋がれていた。

五平次は美鈴に駆け寄り、脇差で縄を切った。

「さあ、早く」

五平次が促すと、

「ありがとうございます」

美鈴はしっかりとした口調で礼を言い、腰を上げた。五平次は背後に美鈴を庇い、脇差を構えながら廊下に出た。

岡部と争っているようで暁衆の姿はない。一気に廊下を走り抜け、玄関に降り立った。美鈴を待たせ、五平次は外の様子を窺った。

暁衆が岡部を遠巻きにしている。

岡部は導火線に点火した焙烙玉を手に暁衆と対峙していた。暁衆は焙烙玉を警戒し、間合いを詰めない。

と、暁衆の一人が短刀を投げた。

短刀は岡部の胸に突き刺さる。岡部の手から焙烙玉が落ち、破裂した。暁衆は地べたに身を伏せた。

樫の木が燃え上がり、火の粉が飛ぶ。

「今です」

五平次は美鈴と共に庫裏を飛び出した。

門を目指し走るうち、

「女が逃げるぞ」

暁衆に気づかれた。

すると閻魔堂の火柱が大きくなり、庫裏が類焼した。

五平次は美鈴を先に行かせた。美鈴が門を出たところで五平次は門を閉じた。

「河津さま」

美鈴は門を叩いた。

「行きなされ！」

五平次が大きな声を上げるや巨大な火柱が曇天を焦がし、門も炎に包まれた。

半鐘が打ち鳴らされた。


半時後、美鈴は自宅に戻った。

五平次の行方はわからない。おそらくは火事に巻き込まれたのではないか。

美鈴が帰って来て、左膳も安堵の表情を浮かべた。

何者かにさらわれ、左膳について問い質されたこと、五平次に助けられた経緯を語った。

「河津さま、わたくしのために」

美鈴は肩を落とした。

「五平次は只者ではない。きっと、生き延びておる」

美鈴を励ますために左膳はそう言ったが、五平次が生きているとは思えなかった。

心の中で感謝し、五平次の冥福を祈った。

五

明くる日の昼、銀之助と兵部は一膳飯屋に入った。

「なんだ、随分と値上がりしているな。飯と味噌汁と煮干しで三十文か……」

兵部が嘆いた。

「このところ、何処の店もそうなんですよ。仕方がないんです」

銀之助が嘆いた。

「例の贋金か」

兵部は苦笑した。

大きく銀之助は首を縦に振ると、

「まだ出所がわからないんですよ」

「町奉行所は何をやっておるのだ……あ、いや、そうだったな。勘定奉行の小野川出雲守が探索しておるのだったな」

「そうなんです。町方は手が出せないことはないのですが、大っぴらには探索ができないのです」

「それで……成果は挙がっておるのか。敏腕勘定奉行殿なら、今頃は贋金造りの悪党どもを摘発しておるのではないのか」

皮肉を込めて小野川を批難したのだが、

「少々、いや、かなり強引にやっておられます。賭場を手あたり次第に潰しているのです。なんと言っても賭場は贋金が使われやすいですからね」

銀之助は言った。

「そりゃ、そうだろうが。肝心の出所を潰さないことには問題は解決しないだろう」

兵部が指摘をすると、

「それはその通りですな」

銀之助も同意した。

「ともかく、早いとこ贋金をなんとかしてくれないことには飯にもありつけないぞ。夜泣き蕎麦屋(そばや)だって二十文するんだぞ。あれじゃあ、二八(にはち)蕎麦の意味がない」

通常は、二八蕎麦、つまり二掛ける八で十六文を売りにしてきたのである。それが二十文とは看板に偽りありである。

「寒い懐を凍り付かせるような真似をしやがって」

兵部は舌打ちをした。

すると、ふらっと男が暖簾を潜って入って来た。

池之端を根城としている博徒一家の子分だ。

「なんだ、弥吉ではないか」

銀之助が声をかけると、

「あ、こりゃ、近藤の旦那……丁度よかった。実はね、横山の旦那を訪ねようと思っていたところなんですよ」

弥吉は言った。

横山とは横山与三郎、銀之助の先輩同心で池之端の博徒たちには顔が利く。

銀之助が問いかけると、弥吉はちらりと兵部を見た。

「どうしたんだ」

「この方なら大丈夫だ。信用のおける方だからな」

銀之助は気を遣った。

胸を張り、兵部は軽くうなずく。

弥吉はため息混じりに語り出した。

「巷の贋金騒ぎですよ。うちの賭場はですよ、贋金なんてまがい物はですよ、一切使わせないんですよ」

贋金とまがい物は重なっているのだが、そんなことで揚げ足を取ることもない。

「で、帳場もですね、贋金が持ち込まれないように、そりゃもう鵜の目鷹の目で見ていたんですよ」

なんでも弥吉が働く賭場で帳場を任されているのは両替屋の手代だそうだ。

「その手代ってのがうちの賭場に通っていたんです。三木助っていって真面目な男なんですが、博打好きっていうのが玉に瑕ってやつでしてね」

三木助は、昼間は両替屋の手代として帳場を預かっていたそうだ。それが、博打好きが災いとなって借金がかさみ、店の金に手を出して首になった。すると、弥吉の親分が賭場で雇って銭勘定を任せているのだそうだ。

「帳場を任されていただけありましてね、三木助は、そりゃもう、贋金を見抜く眼力には長けていたんです」

まさしく、贋金が流通する今時は大いに役立ってきたそうだ。

「ちらっと、見るだけで贋物だってわかる。ですからね、三木助が帳場にどっかと座っていれば賭場は安心だったんですよ。銭勘定に長けている上に、まあ、なんともこまけえというか几帳面というか、きっちりと帳面を事細かにつけていましたしね、ですからね、贋金が持ち込まれることなんぞあり得ないんですよ。それがですよ」

勘定所の役人が立ち入ってきた。

賭場を摘発するのではない、と役人は断った。賭場を摘発するのは、町方の領分を侵すことになり、勘定所はそんなつもりはないということだ。役人たちは帳場から博徒たちを遠ざけ、金を検めた。

「そうしましたら、一両小判で三枚、一分金が五枚、一朱金が七枚、贋金が十五枚見つかったそうなんですよ」

そんな馬鹿な、と三木助は強い口調で抗議をした。

「ところがですよ、そこへ、恐そうな連中が入って来ましてね」

異形な男たちがやって来た。それは侍もいれば坊主頭もおり、総髪の者もいた。偽同心が言っていた連中に似ている。

暁衆か、と兵部は思った。

暁衆は勘定所の手先となって賭場での贋金流通を調べているようだ。

「尖がった禿頭の男が三木助の首を捻ってあっという間に息の音を止めてしまって、それからはもう、賭場の盆茣蓙とか壁なんかを壊してしまいましてね。親分もぶん殴られて、命こそは取られませんでしたが、半殺しの目に遭わされて、賭場はめちゃくちゃにされたんですよ。勘定所のお役人にしては、妙な連中でしたよ」

暁衆の中には火を噴く者もいて、何人かが火傷を負った。また、独楽を顔面にぶつけられたり、吹き矢で目を潰された者もいた。

「尋常なやり口じゃないな」

兵部が口を挟み、暁衆という異形の者たちだ、と銀之助に教えた。更には、柳森稲荷で三人を殺したのも暁衆だと話した。

要領を得ない弥吉はぽかんとしたが銀之助は暁衆への怒りと共に、

「贋金は勘定所の役人が持ち込んだのではないでしょうか」

と、勘繰った。

「あっしも親分もそうに違いないって思っているんですよ。だってですよ、三木助のお陰で贋金のにの字もなかったんですからね。それが、お役人が来た途端に降って湧いたように出てくるなんて信じられませんや。きっと、お役人が持ち込んだに違いないんですよ」

弥吉は口角泡を飛ばさんばかりの勢いで言い立てた。

「ひどいじゃないか」

銀之助も声を荒らげた。

「そうでしょう。いくらお上だって、こりゃでっち上げどころじゃござんせんや。罪を作っているようなもんですよ。いくら世間の裏街道をゆくあっしら博徒だってね、黙っていられませんよ。一寸の虫にも五分の魂ってもんがあるんです。三木助なんか、やってもいない罪で虫けらのように捻り殺されたんですからね。あれじゃ、成仏できません。ですから、近藤の旦那……」

要するに銀之助に勘定所に抗議をしてもらいたい、というのだろう。贋金を使っていたのは濡れ衣で、できれば賭場を再開したいので、内々に話をつけてくれ、と頼みたいのだ。

「しかしなあ……」

はっきり言って勘定所、いや、贋金取締りの責任者である勘定奉行小野川出雲守が抗議を受け付けるはずがない。博徒の味方になって賭場の再開など願い出られるわけもなく、濡れ衣だとの言い立ても受け入れられないだろう。

一体、勘定所というか小野川は何がやりたいのだろう。贋金を使ったという罪を被せ、賭場を片っ端から潰そうというのか。しかし、町奉行ならともかく勘定奉行が賭場を摘発したところで評価されない。それどころか、領分を侵された町奉行の反感を買いかねない。

「旦那、お願いしますよ」

弥吉は両手を合わせた。

「正直申して、おまえの願いがかなえられることはあるまい」

気を持たせては却って気の毒と思い、銀之助はきっぱりと断じた。

「そうですよね」

弥吉もそれがわかっているようで、失望しながらも諦めているようだ。

「じゃあ、せめて、勘定所がどうしてそんな理不尽なことをしているのか明らかにしてくださいよ。それで、勘定所の悪いことを世間に知らせてくださいよ。あっしら博徒が何言ったって取り上げられませんがね、旦那のようなお役人が声を上げてくださればゞ、勘定所だって無碍(むげ)にはできないって思うんですよ。そうでしょう」

同意を求めるように弥吉は兵部を見た。

「そうだ、許せん」

兵部も同意した。

銀之助は小さくため息を吐いた。

六

小野川は自邸に羅門甲陽斎を呼んだ。

「首尾（しゅび）はどうじゃ」

小野川が問いかけると、

「抜かりはございませぬ」

尖った禿頭を鈍く光らせながら羅門は答えた。

「賭場の摘発はよいが、あまりにも強引ではないか、という声が上がっているが」

小野川は少しばかりの危惧を示した。

「荒療治ですが、賭場が潰れれば世のためになります。いわば、悪党どもの駆除をしておるのですから、表立っては批難されることはないと思いますぞ」

羅門の言葉に、

「もっともじゃのう。その通りじゃ。我らはよきことをやっておるのであるから、何人（なんぴと）も責めることはできまいよ」

満足そうに小野川はうなずいた。

「池之端から神田にかけての賭場は一掃しましたぞ」

羅門が言うと、

「よし、ならば、そろそろやるか」

小野川は両手をこすり合わせた。

「公設賭場を開設ですか」

羅門は言った。

「そうじゃ。いよいよ、わしの構想を具体的な形にする。海辺新田に巨大な盛り場を設ける」

「そこには賭場や遊郭、見世物小屋、矢場、料理屋などを呼び寄せるのですな」

「その通りじゃ。やがては、魚河岸も移す。芝居小屋もな。江戸では日に千両と申す三か所がある」

小野川は目を爛々と輝かせた。

三か所とは、魚河岸、芝居小屋のある堺町、そして吉原だ。俗に、「鼻の上下に臍の下」と称される。鼻の上は目、すなわち芝居見物を意味し、鼻の下の口は魚を食することを指す。そして、臍の下とは、言わずもがなの吉原での遊びだ。

それらを一箇所に集める構想を小野川は抱いているのだ。

「壮大な企てですな」

「まさしくな」

「心が浮き立ちますな」

羅門は頬を火照(ほて)らせた。

小野川は絵図を広げた。

深川の南、江戸湾に沿って広がる海辺新田一帯の絵図である。そこを小野川は江戸で、いや、天下一の盛り場にしようと考えている。

そこには、賭場、魚河岸、芝居小屋、更には吉原の遊郭も移転させる。料理屋、見世物小屋なども入れる。

但し出店する者は権利料と月々の運上金を納めなければならない。

「莫大(ばくだい)な運上金がもたらされる。年貢以外で大きな収入を得ることができるのじゃ。わしは勘定奉行としてこれ以上のない功労を公儀に成すことになるぞ」

酔ったように頬を火照らせて小野川は言い立てた。

「加増間違いなしですぞ」

羅門も喜んでくれた。

「林田殿もこれで側用人に取り立てられるであろう」

小野川の見通しに、

「まさしく肥後守さまも側用人、老中への道が開かれた、と喜び勇んでおられます」

「うむ、大いに期待して頂こうではないか」

小野川は何度も首を縦に振った。

そこへ、暁衆が羅門を呼んだ。羅門は廊下に出た。

報告を聞いてから、

「三崎村の陣屋に公儀の手入れが入りましたぞ」

と、羅門は小野川に報告した。

「おそらくは、白雲斎さまの差し金であろう」

小野川は薄笑いを浮かべた。

「そのようです」

小野川も失笑を漏らした。

「余計なことをせぬがよろしかろうに。困ったお方じゃ」

「耄碌（もうろく）なさったようですな」

「まさしく。歳は取りたくないものだ」

小野川が言うと、

「しかし、白雲斎さまのような切れ者が、よくもこのような馬鹿げたことを」

そこへ、白雲斎の来訪が告げられた。

「お通し致せ」

小野川は客間に向かった。

白雲斎は鷹揚な表情ながら、

「いかにも荒療治をやっておるようじゃな」

と、勘定所による賭場の摘発を言った。

「多少の荒療治をしないことには贋金の出所はわかりませぬので……それに、盛り場から博徒どもが一掃されるのは喜ばしいことではないでしょうか」

もっともらしい顔で小野川は言い立てた。

「なるほど、それは一面では正しいのかもしれぬがな」

思わせぶりに白雲斎は言った。

「何かご不満な点がございますか」

慇懃に小野川は問いかけた。

「贋金の出所を一刻も早く摘発せんことには小手先の手段では物事の解決にはならん

ぞ」

白雲斎の考えに、

「それゆえ、三崎村の陣屋の立ち入りを指図されたのですか」

小野川は目を凝らした。

「いかにも、何か不都合でもあるのか」

白雲斎はぎろりと小野川を睨んだ。

「不都合などあるはずはございません。ただ、陣屋を預かっておりました伊藤加治右衛門は既に切腹をしております。伊藤の不正を御庭番が摘発をしたと聞いております。ひとたび調べたものをもう一度調べ直すというのはよほどの深い疑いでございますか」

小野川は疑問を投げかけた。

「そうじゃ」

白雲斎は言った。

「それはどういうことでございますか」

小野川は首を捻った。

「模造小屋じゃ」

冷然と白雲斎は告げた。

「聞いたことがございます」

小野川は認めた。

「聞いた……それどころではないと思うがな」

皮肉めいた顔つきで白雲斎は言った。

「はあ……」

小野川はお惚けの態度に出た。

「はあではない。そなた御庭番が調べた復命書を読んだであろう。よしんば、復命書を読んでおらずとも、御庭番を統括する林田肥後守から吟味を受けたはずじゃ」

眼光鋭く白雲斎は追及をする。

「評定所に呼ばれてはおりませぬ。吟味は受けておりませぬ」

小野川は落ち着き払って反論した。

「確かに評定所には呼ばれておらぬな。じゃがな、それを以て吟味を受けておらぬとは申せまい。いや、軽輩とは申せ、れっきとした公儀の役人たる代官伊藤加治右衛門が切腹をしたのだ。畏れ多くも将軍家の領知を上さまの代理として治める代官が自刃したのじゃぞ。領内に一揆が起きたわけではない。年貢が滞っておったわけでもない。

それなのに自らの命を絶ったのじゃ」

白雲斎の目は血走り、いい加減な返事ではすまされぬぞ、という気迫に満ちている。

「まこと、残念なことになりました。勘定奉行として責任を感じております」

いかにもしおらしく小野川は頭を下げた。

「一揆を起こされたわけでもない代官が切腹をしたのじゃ。御庭番が探索に当たっておった。その上での死じゃぞ。むしろこのような大事に評定所で吟味を受けなかったのが問題だとわしは思う。そなたが評定一座を構成する勘定奉行だから、という理由ではあるまい」

白雲斎は小野川を睨んだ。

「白雲斎さま、おっしゃりたいことをはっきりとおっしゃってください」

受けて立つと言わんばかりに小野川は返した。

「林田肥後守と取引をしたな。取引という言葉が適当ではないとしたら、伊藤の一件について談合に及んだのじゃ」

違うか、と白雲斎は問いかけた。

「林田殿からは伊藤の件につき問い合わせはありました。わしは伊藤の過去の実績を調べ、落ち度が見当たりませんでしたので、その旨の回答を致しました。すると、御庭番の探索により、伊藤が不正蓄財をしていることを知りました」

小野川は事実かどうかを伊藤に確かめた。

「伊藤の答えは切腹でした」

小野川は目を伏せた。

白雲斎は薄目となり、

「文で問うたのか」

「はい……」

「何故、江戸に呼び出さなかったのじゃ。そのような大事、面と向かって詰問をするべきではないのか」

白雲斎が責めると、

「まずは、文で問うたのでござります。その後に江戸に呼び出すつもりであったのです」

しれっと小野川は言い訳をした。

白雲斎はそのことには深入りをせずに、

「関東の天領を治める代官、郡代は大概、江戸におるもの。実務は陣屋に奉公する手代どもに任せておる。しかるに伊藤は三崎村に留まり、領内をまめに見て回り、領民の暮らしぶりに目配り、気配りをしておったのじゃ。役目熱心な代官であったな」

「熱心さは事実でありましたでしょう」

小野川は認めた。

「領民のために楽しい催しをしておったとか。何しろ領民どもが伊藤の潔白を訴えた程ではないか。なあ、代官の横暴、不正を訴えるのならわかるが、悪くはないと訴えるとは、いかに伊藤が領民から慕われていたのかがわかろうというものではないか」

という白雲斎の指摘に、

「なるほど、そうも申せますな。しかしながら、こうも考えられます。伊藤は私腹を肥やすために領内に留まり、領民どもと懇意にしておったのかもしれませぬ」

小野川は異を唱えた。

「なるほど、どこまでも伊藤を悪く考えるのであるな。わしにはそんなに悪い者には思えなかったが、わしの甘さかもしれんな」

白雲斎は自分の額を指差した。

「おわかり頂けましたか」

小野川は安堵の笑みを浮かべた。

「ああ、わかった。伊藤は相当の悪党であったのだな」

「気づかなかったわしの責任は重いと存じます」

小野川は真摯に言った。

「そなたの見方が正しいのかもしれぬ。それで、そなたは、責任感から贋金の摘発を行っておるのじゃな」

笑みを浮かべながら白雲斎は確認をした。

「いかにもその通りです。世間では手荒に過ぎる、という声も上がっておるようですが、贋金造りは公儀への謀反そのものであります。勘定奉行としまして、天下の謀反人を根絶やしにせねばなりません」

力を込め、小野川は言い立てた。

「その意気込みは大いによしじゃな。じゃが、奇妙なことも耳にした」

白雲斎は言葉を止めた。

「またも思わせぶりな物言いをなさるのですな……なんでござりましょう」

小野川は言った。

「贋金が使われているとされ、潰された賭場の中には贋金を断じて受け入れていなかった賭場があったそうじゃ」

「博徒の申すことなど、信じるに足りませぬ」

小野川は一笑に付したが白雲斎への無礼と感じたようで、一礼してから、

「勘定所の役人が確かに見つけ出したのです。役人の目は確かでござります」

と、慇懃な物言いで返した。言葉の裏には勘定所を疑うのか、という批難が込められている。

「役人の目は節穴ではない、か。その通りであるな」

「おわかりくださり、ありがとうございます。それに、よもやそのようなことはないと存じますが、役人の誤りとしましても賭場なんぞ潰すに越したことはありませぬ」

悪びれずに小野川は言った。

それには答えず、

「して、肝心の出所はわかったのか。出所がわからないままでは、問題は解決せぬぞ」

白雲斎は語調を強めた。

「その点も抜かりなく探索を続けております。今しばらくすればおのずと判明するものと存じます」

小野川は言った。

「さて、いつかのう」

白雲斎は笑った。

「いつとは申せませぬが、わが配下の勘定所は優秀でござります。加えて、今回は公儀御庭番にも全面的に手助けを頂いております。よって必ずや贋金の出所を明らかとし、不届きな贋金造りを根絶やしにできるものと確信しております」

自信たっぷりに小野川は答えた。

「頼もしいのう」

白雲斎はうなずく。

「お任せくださりませ」

改めて白雲斎は頭を垂れた。

それから、

「これはわしの勇み足であったかのう」

惚けるような口調で言った。

「なんでござりましょう」

小野川は首を傾げた。

「贋金の流通と共に模造品が出回っておる。偽の八丁堀同心、贋の骨董品、それに贋の家康公直筆の絵……」

家康の絵が語られたところで小野川は嫌な顔をした。

「まったく、拙者も穴があったら入りたい気持ちでござります。白雲斎さまにご指摘を頂けなかったなら、未だに本物の家康公直筆の絵と信じ、方々に自慢しておったかもしれませぬ。それを思い出しますと冷や汗をかきます」

わざとらしく小野川は懐紙で額を拭った。

「それらの模造品、どうやら伊藤が造作させておったそうではないか。なんでも三崎村の陣屋には模造小屋なる模造品ばかりを作る施設があったのだとか」

白雲斎は言った。

「いかにも。伊藤は模造品で金を儲けておったのです。公儀の目に届かぬ三浦半島の地を活用した次第でござります」

小野川は言った。

「やはりのう。それゆえ、勇み足と思ったが、三崎村の陣屋を調べさせた。そなたの頭越しですまぬがな」

白雲斎は舌をぺろっと出した。

「はあ……しかし、陣屋は御庭番が調べたのですが……」

「調べたから尚更、怪しいのだ。一度調べられたら二度は調べられぬと思っておるであろうからな」

「伊藤は死んだのです。白雲斎さまは、伊藤に代わって模造品や贋金を造作している者がいる、とお考えなのですか」

　小野川の目が光った。

　白雲斎はうなずいた。

「果たして、白雲斎さまのお考え通りでござりましょうか」

　小野川は挑むかのようだ。

「間もなく報告がもたらされる」

　白雲斎は首を伸ばした。

　すると、

「なるほど、それでこちらにおいでくださったのですな」

　小野川はにんまりとした。

「そういうことじゃ」

　白雲斎は顔を手で撫でた。

　そこへ、報告がもたらされた。

報告書を白雲斎が受け取り、さっと広げる。小野川は両手をついて白雲斎の言葉を待った。

白雲斎の顔が強張った。

次いで、

「陣屋には何もなかったそうじゃ」

と、つまらなそうに言うと報告書を小野川に手渡した。小野川は一礼をすると目を通した。

「やはり、贋金造りまでは行っておらなかったのですな」

小野川は言った。

「わしの見込み違いであったのか」

悔しそうに白雲斎は唇を噛んだ。

「お疑いは晴れましたか」

小野寺は言った。

「うむ」

いかにも不満そうに白雲斎は認めた。

「白雲斎さま、おっしゃったように勇み足でございます。畏れ多いことながら、これは公儀の秩序を乱す行いでございます。おわかりでございますな」

声を太くし小野川は問いかけた。

「わかっておる」

悔しそうに白雲斎は答えた。

「これ以上のことは拙者の口からは申しませぬ」

小野川は慇懃に頭を下げた。

「処罰は覚悟しておるわ」

開き直ったように白雲斎はからからと笑った。

「贋金問題は拙者にお任せください。白雲斎さまにおかれましてはごゆるりと趣味を楽しんでくだされ」

いかにも皮肉たっぷりに小野川は言った。

「そうさせてもらうか」

白雲斎はよっこらしょと立ち上がった。

「わざわざのお越し、ありがとうございます」

小野川は丁寧に平伏した。それは、勝利の優越に浸っているかのようだ。

「ならば、これにて。贋金の出所がわかったら、教えてくれ」

白雲斎は言った。

「真っ先にお伝え致します」

　小野川は言った。


　白雲斎が帰ってから羅門が入って来た。

「白雲斎さま、とんだ勇み足でしたな」

　愉快そうに羅門は言った。

「まったく、うるさい年寄りじゃ。ま、これで、口出しはせぬだろう」

　小野川は言った。

「このままにしておくのですか」

　羅門は言った。

「いや、なんらかの処罰が下るように林田殿とも協議を致す」

　小野川は言った。

第四章　白雲斎、勇み足

一

十七日の昼八つ半（午後三時）来栖兵部は近藤銀之助と共に勘定奉行小野川出雲守の屋敷を訪れた。

銀之助は池之端の博徒弥吉の頼みを先輩同心に報告したのだが、色よい返事はなかった。町奉行所としては博徒の肩を持つわけにはいかないのである。

しかし、引き受けた以上、小野川に抗議のひとつもしないわけにはいかない。もちろん、自分が小野川に何を言おうと小野川が聞き入れるものではなかろうし、そもそも一介の八丁堀同心など門前払いにされるだろう。

それを承知で小野川の屋敷に来たのは弥吉への言い訳である。何もしなかったのではなく、一応は動いたという体裁を取り繕っているのだ。

一人で行こうと思ったが、

「乗りかかった船だ」

と、兵部が同行を申し出てくれた。

兵部が一緒でも小野川が会ってくれる可能性は低いが、兵部が居てくれるだけでなんとも心強い。

番町の屋敷までやって来て番士に銀之助が素性を明かし、

「贋金の一件で御奉行にお取り次ぎ願いたいのです」

と、用件を頼んだ。

番士は北町奉行所の同心が勘定奉行に面談を求めることの疑問と戸惑いで、顔を見合わせた。やがて、気を取り直して二言、三言話した後に、

「町方の同心が勘定奉行を訪ねるのはいかなる事情ですか」

要領を得ないようであった。

「ですから、贋金の件でござる」

銀之助は繰り返した。

「お約束はあるのですか」

番士は疑わしそうに問い直した。銀之助が口ごもると、

「急な用向きなんだよ」

兵部が割り込んだ。

見知らぬ長身の侍に圧しかかるように言われ、番士たちはたじろいだ。

「贋金の一件でな、大いなる手がかりを得たんだ。こりゃ、是非とも取締りの責任者たる小野川出雲守さまにご注進に及ばねば、と勇んでやって来たってわけだ。さっさと取り次がないと不忠者だぞ」

肩を怒らせ、兵部は声を大きくした。

番士は顔を見合わせ、

「わ、わかりました……して、貴殿は……」

と、兵部に問い直した。

「おれは来栖兵部……羽州浪人来栖兵部だ」

今度は平生の声音で兵部は告げた。

「来栖……」

口の中をもごもごとさせながら番士は屋敷の奥へ向かった。

「すごいネタって何ですか」

小声で銀之助は問いかけた。

「ま、適当だ。会ってくれたら儲けものだよ」

兵部は快活に笑った。


御殿の奥書院で小野川は家臣より番士からの取次を聞いた。

「来栖だと」

小野川は来栖という名前に反応した。

「羽州浪人と申しておりました」

番士がそう言っていたと家臣は答えた。

「来栖左膳と関わりがある者か」

続けて問いかけたが、

「そこまでは……」

家臣は困惑した。

「ま、よい。羽州浪人の来栖だな。贋金について重要な話がある、と申しておったのだな」

念押しをすると、

「は、はい」

恐る恐る家臣は答えた。

「よかろう。控えの間に通せ」

小野川は命じた。

家臣がいなくなったところで羅門甲陽斎を呼んだ。

「羅門、来栖左膳の身内らしき者が訪ねてまいった。贋金について大事な話があるそうだ」

小野川が言うと、

「ほう、来栖左膳の……」

羅門は首を捻ってから、

「面白い話かもしれませぬな」

と、にんまりと笑った。

兵部と銀之助は御殿玄関脇の控えの間で小野川を待った。

果たして小野川本人が出て来るのかと危ぶまれたが、待つ程もなく本人がやって来た。

小袖の着流しに袖無羽織を重ねるという略装で上座に座った。銀之助が馬鹿丁寧な挨拶と突然の訪問を詫びた。

小野川は鷹揚にうなずき、兵部に視線を向けた。

「来栖殿と申されると元鶴岡藩江戸家老、来栖左膳殿のお身内か」

小野川に問われ、

「倅ですよ」

兵部は答えた。

小野川はうなずき、左膳が白雲斎と共に屋敷を訪れたことを話した。

「それが、とんだ赤っ恥だった」

小野川は家康直筆の絵の贋物を披露してしまったことを打ち明けた。しばし、自嘲気味に笑ってから表情を引き締め、

「ところで、贋金に関して重要な話があるということだが」

と、本題に入った。

兵部は銀之助を促した。銀之助は弥吉の賭場が贋金で摘発された一件を語り、

「ところが、その賭場は帳場を預かる者が両替屋の手代をしておったこともあって、贋金には目を光らせておりました。勘定所の立ち入りがあった当日も贋金は帳場には

なかったそうなのです。繰り返しますが、贋金が使われる余地はなかったのです」

銀之助は勇気を持って報告をした。

「ふん、博徒の戯言(ざれごと)を町方は聞くのか」

不快そうに小野川は顔を歪めた。

厳しい声で小野川に否定され、銀之助は両手をついてしまった。

「贋金について重要な話とはそのことか」

失望一杯の顔つきで小野川は話を切り上げ、腰を上げようとした。それを兵部が制し、

「勘定所の役人と共に賭場の摘発を行った者たちだが、異形の者たちであったとか。その異形の者たちにつき、おれは気になるのだ。なんでも、抗う博徒を手あたりしだいに成敗(せいばい)したそうではないか。刃物で斬るのではなく、火を噴きかけたり独楽を投げつけたり、青龍刀を使ったり……尋常な技ではない。それに、いかに博徒といえど、裁きも受けさせずに殺すというのは乱暴に過ぎる。勘定所ではそのような無法者たちを雇っているのか」

と、真顔で問いかけた。

「贋金が使われておる賭場を探索するとなれば、武芸達者の者がついておった方がよ

いに決まっておるからな」

浮かした腰を落ち着け、小野川は当然のように返した。

「奴らは武芸達者とは違うと思うがな……それは置いておくとして、その異形の者ども、おれが用心棒に雇われた三浦屋百兵衛を脅した者を殺した者たちと同じようだ。賭場ばかりか神社の境内で刃傷沙汰に及ぶとは、勘定所が雇うには不適切な者たちなのではないか」

責めるように兵部は言い立てた。

「異形の者たちは役に立っておるゆえ、勘定所の手下として働かせておる。三浦屋百兵衛に関わる殺しの下手人であるという確かな証はあるのか」

小野川は淡々とした口調で問いかけた。

「証があれば異形の者たちは殺しの罪を償わねばならぬぞ」

兵部は銀之助を見た。

「町方の責任において殺しの罪を償わせます」

きっぱりと銀之助は言った。

「そうか、ならば、精々奮闘せよ」

小野川は静かに告げた。

兵部が、

「殺しの罪人とはっきりしたら、そんな者たちを雇っている勘定所、更には勘定奉行の責任も問われるぞ」

と、釘を刺した。

小野川は無言で見返した。

「贋金に関する重要な話とは、そんな怪しげな無法者どもが贋金を摘発しているのは問題であろうということだ。そんな者たちが行う贋金の取調べなど、どこまでが信用できるのだろうな」

兵部はにんまりとした。

「かの者たちの罪が明らかとなったら、再考しよう」

あくまで落ち着き払って小野川は告げた。

と、不意に兵部は話を転じた。

「ところで、贋金の出所はわかったのか」

「今のところはわからぬ」

小野川は近々のうちに探り出す、と言い添えた。

「一日も早く出所を探り当ててもらいたい、でないと、物の値が上がって仕方がない。

ろくに飯も食えぬぞ」

　顔をしかめ兵部は嘆いた。


　兵部と銀之助が出て行ってから羅門甲陽斎が入って来た。

「厄介な男たちであった。来栖左膳の倅めがそなたたちを疑っておるぞ」

　小野川が言うと、

「始末するまで」

　さらりと羅門は言ってのけた。

「始末しなければならぬ者たちが増えたものだな」

　小野川は皮肉を込めた笑いを浮かべた。

「任せておけ」

　自信満々に羅門は胸を張った。

「来栖左膳と河津五平次の始末はつけられなかったではないか。来栖の娘には逃げられた。河津は命を落としたそうだが」

　小野川が指摘すると羅門は苦い顔となった。

「いずれ、来栖左膳と兵部は始末するとして、贋金騒動をそろそろ手仕舞いにしなければなるまいな」

　気持ちを切り替えるように小野川は言った。

「手仕舞いするには敵を一掃しなければなるまい」

　羅門は舌なめずりをした。

「殺しが好きであるな」

　呆れたように小野川は肩をすくめた。

「貴殿は陰謀が好きのようだ」

　悪は悪に惹かれるものだ、と羅門は言った。

二

　小野川の屋敷を出てから、

「あまりにも失礼に過ぎたのではないでしょうか」

　銀之助は小野川を訪ねたことを悔いた。

「あれくらいかましてやった方がいいんだよ」

　兵部は一向に気にする素振りも見せない。

「そうですかね。でも、小野川さまに警戒心を抱かせてしまいましたよ」

銀之助は危ぶんだ。

「それでいいんだ。警戒しておれを殺しに来るかもしれぬ。そうなれば、奴らを探す手間が省けるというものだ」

平然と兵部は返した。

「それはそうかもしれませんが……そうなったら、兵部先生の身が危ないですよ、あ、いえ、兵部先生であればいかなる敵であろうと、大丈夫でしょうけど、それでも相手は何人いるか知れませんし、闇討ちを仕掛けられるかもしれません」

兵部を気遣いつつ銀之助は危機感を募らせる。

「おまえは八丁堀同心だ。手出しすれば厄介なことになる。心配には及ばないぞ」

声を大きくして兵部は心配するなと励ました。

「そう、おっしゃいますがね、拙者の身はともかく兵部殿、月夜の晩だけじゃありませんからね」

却って銀之助は心配の度合いを強めるばかりとなった。

「これがおれのやり方だ。よし、もうちょっと引っかきまわしてやるか」

うれしそうに兵部は両手を打ち鳴らした。

「ちょっと、何をお考えなんですか」

　銀之助は危ぶんだ。

「ついてくればわかるよ。それとも、これ以上の関わりを持ちたくなかったら、いいのだがな」

　兵部はすたすたと歩き出した。

「待ってくださいよ」

　慌てて銀之助は追いかけた。


　その足で兵部は、日本橋本石町の三浦屋にやって来た。

　兵部と銀之助は母屋の客間に通された。待つ程もなく百兵衛が笑顔でやって来た。

「これはこれは、来栖先生、町方の同心さまとご一緒とは、一体、どんな御用ですか」

　百兵衛の目は笑っていない。いかにも、何をしに来たのだと言いたげである。

　兵部は意に介さずに言った。

「勘吉、熊次郎、峰蔵を殺した奴らが誰かわかったんだ」

「ほ〜お」

百兵衛は生返事である。

「なんだ、浮かない様子だな。関心ないのか」

兵部は顔をしかめた。

「ええっ、そんな風に見えますか」

百兵衛は笑みを取り繕った。

「三人は偽者ではなく本物だったんだろう。なら、かつての仲間を殺した者が誰だか気になっているはずだ」

兵部に指摘され、

「それはそうですな。で、何者なのですか」

真顔になり、百兵衛は改めて問いかけた。

「怪しげな異形の者たちだ」

兵部が答えると、

「異形とは」

百兵衛はおかしそうに笑った。

「贋金を摘発するという名目で賭場を潰している異形の者どもと同じ連中だな。火を噴いたり、独楽を投げたり、青龍刀を使ったり、と草双紙(くさぞうし)や芝居で描かれるような暴れようだ」

「ほう、そうですか。どうして、贋金を調べている勘定所を手伝っている方々が勘吉たちを殺すのですか」

百兵衛は首を傾げた。

「それはおれが訊きたい。おまえなら知っていると思ってやって来たのだ」

兵部は百兵衛の目を見据えた。

「ご冗談を」

百兵衛は頭を振った。

「おれは、本気だ」

兵部は目を凝らす。

「また、恐い顔をなさって」

はぐらかすかのように百兵衛は右手をひらひらと振った。

「誤魔化すな」

兵部は声を大きくした。

百兵衛の目元が引き締まる。

暗い表情を湛え、百兵衛は語り出した。

「まこと、あたしにはわかりません。そんな恐ろしい衆と関わりにはなりたくないですし、そんな者たちとはこれまでの生涯で関わったことはありませんしな」

「海賊たちは恐ろしくはなかったのか」

すかさず兵部は問いかけた。

「若い頃でしたからな。それに、海賊といっても戦国の世の海賊と違って漁師崩れの荒くれ者に過ぎませんでしたからね。刃物や青龍刀、怪しげな独楽を使う凶悪なる者たちとは違います」

百兵衛は淡々と答えた。

「海賊にも怪しげな者とまっとうな者がいるのか」

おかしそうに兵部は言った。

「さて、どうなのでしょう」

百兵衛は惚けた。

そのことは追及せず、兵部は話を変えた。

「勘定奉行、小野川出雲守さまがおっしゃっておられたが、あんた、贋物の家康公直筆の絵を贈ったそうだな」

するとと百兵衛は手で自分の額をぴしゃりと叩き、

「ああ、あれでございますか。いやあ、あたしも驚くやら申し訳ないやらで、本当に世の中、油断のならない者たちがおるものでございます。まんまと騙されてしまいました」

と、言った。

「何処で手に入れたのだ」

「三浦半島のさるお庄屋さんの家でした。誤解のないよう申しますが、お庄屋さんはあたしを騙そうとしたのではないと思います。お庄屋さんも本物の家康公直筆の絵だと信じておられました。ですから、お庄屋さんの家は先祖代々、騙され続けたということでしょうな。いやあ、二百年以上に亘って欺かれたわけですな。気の毒といえば気の毒ですな」

百兵衛は笑ってから、

「おっと、笑うのは不謹慎ですな」

と、口を手で覆った。

「家康公直筆の贋絵、柳森稲荷近くを徘徊しておったのは偽者同心、そして贋金騒動、更には模造品が質屋に持ち込まれておる。偶々(たまたま)だろうか。世の中、贋物だらけというわけだ」

兵部は銀之助を見た。

「まこと、妙な気がします。同じ時期にあまりにも贋物が出回り過ぎです。何者かが意図しているとしか思えませぬ」

銀之助の考えを受け、

「八丁堀同心さんがこう考えているんだ。おれも怪しいと思うな」

兵部は言った。

百兵衛は無表情となり、

「そうかもしれませんな……まさか、来栖さま、あたしが贋物騒動に関わっている、などとおっしゃりたいのですか」

と、問いかけた。

「そうなのか」

けろっとした顔で兵部は問い直した。

百兵衛はきょとんとなって、

「またまたご冗談を……あたしにそんな悪いことをするような度胸はございませんよ。まったく、来栖さまはお人が悪いですな」

と、手を打ち鳴らして笑い声を上げた。

「なんだ、おまえではないのか」

兵部はにんまりとした。

「違いますよ」

重ねて百兵衛は否定した。

「ならば、そういうことにしておこう」

兵部は言った。

「まあ、とかく、あたしは誤解されやすい性質なんですよ。これも、人徳のなさかもしれませんがね」

百兵衛は頭を掻いた。

「小野川さまとは三崎村からの付き合いだそうだな」

「勘定奉行さまと商人、付き合いなどという大それた関わりではありませんが、懇意にさせて頂いております」

百兵衛は謙虚にお辞儀をした。

「ならば、小野川さまに勘定所の手先となっておる異形の集団が何者なのか問い合わせてくれ」

兵部が頼むと、

すか」
「それで、異形の集団の素性がわかったなら、どうなさるのですか。捕縛なさるので
　それから、
　躊躇いもなく百兵衛は引き受けた。
「わかりました」

　百兵衛は兵部と銀之助の顔を交互に見た。

「それは……」

　銀之助は返事に詰まった。

　百兵衛は銀之助の動揺を見て取り、

「確かな証もなく、勘定所の手助けをなさっておられる方々が勘吉たちを殺めた下手人だとしてお縄になさっては、町方と勘定所の争いにもなりかねませんな。軽挙妄動は慎まれた方がよろしいですぞ」

　百兵衛は言った。

「おれは町奉行所とは関係ない。そして、無類の野次馬根性の持ち主だ。よって、おれは異形の集団を退治してやる。勘定所の手先となっておろうが、人を虫けらのように殺していいものではない。そんな者たちが大手を振って歩いていると思うと虫唾が

走る。絶対に許さん」

兵部は決意を述べ立てた。

「いやあ、感心しました。まこと、来栖先生はご立派なお方ですな」

上目遣いとなって百兵衛は冷ややかに返した。

「褒めるのは、奴らを退治してからにしてくれ」

豪快に兵部は笑い飛ばした。

「わかりました。小野川さまに問い合わせてみます」

百兵衛は請け負った。

「頼むぞ」

釘を刺すように兵部は言うと腰を上げた。

銀之助も立った。

三浦屋を出ると、

「兵部さま、また、思い切ったことをおっしゃいましたな」

銀之助の心配を、

「あれが手っ取り早いさ」

兵部は笑った。

「大丈夫でしょうか。喧嘩を売っているようなものではありませんか」

「売っているようなものではない。喧嘩を売ったのだ」

兵部はさらりと言ってのけた。

「これは参りました」

銀之助は自分も腹を括らねばならない、と自戒の念を込めて言った。

「さて、楽しみだな」

兵部は両手をこすり合わせた。

三

左膳が傘張り小屋にいると、

「御家老、失礼致します」

という声がかかり、鶴岡藩大峰能登守宗里の家来川上庄右衛門(かわかみしょうえもん)がやって来た。

「おいおい、いい加減に御家老と呼ぶのはやめてくれ」

左膳は鼻白んで見せた。

「お言葉ですが、今も拙者にとって江戸家老は来栖左膳さまを置いて他にはおりませぬ。それは家臣一同、それに殿も同じ思いでござります」

熱弁を振るう庄右衛門に、

「殿が……」

左膳は失笑を放った。

すると庄右衛門は益々熱を込めて言い立てた。

「それが証に殿は、七十過ぎの勘定奉行秋月陣十郎(あきづきじんじゅうろう)を勘定奉行のまま江戸家老も兼任させていますが、専任の江戸家老は置いておりません」

「殿のお眼鏡に適う重臣は少なかろうからな。おまえが手を挙げてはどうだ」

左膳は言った。

「ご冗談を」

庄右衛門は頭を振った。

「して、用向きは」

左膳が問いかけると庄右衛門は一礼してから、

「殿が小春に参られます」

とだけ言った。

要するに会いたいということだ。

何用であろう。少なくとも江戸家老に復帰させるということではなかろう。宗里が町場の料理屋に出向いて来るなど、よほどの用件に違いない。

「必ずおいでください」

庄右衛門は懇願した。

左膳が出向かなかったら、庄右衛門の責任を問われるのだろう。

「わかった」

何はともあれ、小春に出向こう。


小春の暖簾を潜った。

春代が強張った顔で、

「お連れさまが」

と、奥の小座敷に視線を向けた。

思ったよりも到着が早い。宗里の焦りぶりが想像できた。

「わかった。呼ぶまで来なくてよい」

左膳は小座敷に向かった。

「御免、来栖です」

襖越しに声をかける。

すっと、襖が開き、庄右衛門が出て来て、

「どうぞ」

と、左膳を小座敷の中に導いた。

左膳は足を踏み入れた。

既に宗里が座していた。

身の丈は五尺余りと小柄、なで肩で華奢な身体を羽織、袴の略装で包んでいる。色白で面長の顔にあって目がきょろきょろと動き、気難しさを醸し出していた。

「しばらくでございます」

挨拶をする。庄右衛門が酒と料理の手配をしようとした。

「酒は後じゃ」

宗里は制した。

庄右衛門は腰を落ち着かせた。

左膳は威儀を正し、宗里の言葉を待った。宗里は扇子を開いたり閉じたりという動作を繰り返し、落ち着きのないことこの上なかったがやがて気持ちを落ち着けると口を開いた。

「父が評定所に呼び出されることになった」

「何故ですか」

意外な気持ちで左膳は問い直した。

「しかるべき手続きを踏まず、相模三浦半島の三崎村代官陣屋に立ち入って探索を行った咎じゃ」

宗里は言った。

「贋金の出所を探り出す、という目的で白雲斎さまはなさったのでしょう」

左膳は言った。

「そのようじゃ。実に困った」

宗里は天を仰ぎ絶句した。

庄右衛門が、

「どのようなお沙汰が下されるのでしょう。隠居なさっておられるのですから、隠居を申し付けられることはないでしょう。すると、もっときついお咎めだと想像できます。まこと、由々(ゆゆ)しきこと。大峰家も無事ではすみませぬ」

と、嘆いた。

「左膳、父を助けたい」

宗里は腹から絞り出すように野太い声を発した。

「白雲斎さまは、少々勇み足であられたのですが、その勇み足の行動に移らせたのは贋金を撲滅(ぼくめつ)せねばならないという強い信念です。贋金の横行(おうこう)が続けば物価は上がる一方であり、通貨の信用が失墜致します。通貨の失墜すなわち、公儀の権威が落ちるのです」

左膳は白雲斎の行いに理解を示した。

「父はそれを放置できなかったのじゃな」

誇らしくなったようで宗里の口調が力強くなった。

「宗里さま、そのご覚悟がありますか」

左膳は宗里の目をじっと見た。

次いで、

「白雲斎さまは民の苦しみ、公儀の屋台骨が揺さぶられるのを憂(うれ)いて、勇み足ではありますが贋金の出所を突き止めようとなさったのです。そのことを十分に考慮くださ い」

と、言い添えた。

宗里はしっかりとした表情で首肯した。

「宗里さま、もう一度お訊き致します。白雲斎さまを追いつめた勢力と戦うご覚悟がございますか」

更に左膳は宗里の覚悟を確かめた。

すると宗里はおやっという顔になり、

「父を追いつめた者たちがおるのか」

と、庄右衛門に視線を向けた。

庄右衛門も意外そうに目を白黒させている。

「勘定奉行小野川出雲守、そして御側御用取次、林田肥後守です」

明瞭に左膳は答えた。

「小野川出雲守と申せば贋金摘発の責任者ではないか」

宗里は目を剝いた。

「その小野川が贋金騒動の張本人なのです」

左膳は断じた。

「まことか」

宗里は思わず腰を浮かしてしまった。

庄右衛門も驚きを隠せない様子である。

「木乃伊取りが木乃伊とはこのことですな」

庄右衛門の言葉が適当なのかどうかはともかく、

「勘定所の贋金摘発は狂言なのです」

左膳は言った。

「一体、なんのためにそんな馬鹿げたことを……」

目を剝き宗里は歯嚙みした。

「その理由は今のところ不明です。私腹を肥やすためなのは間違いないと存じますが、金を儲けるためだけに行うにはあまりにも危ない橋です。小野川は農民の身から精進を重ねて勘定奉行にまで昇り詰めた秀才です。その男が金儲けのためにのみ、贋金造りなどという公儀に弓引く悪行を企てたとは思えませぬ」

左膳の考えに、

「御側御用取次の林田は将来を嘱望されておる。林田が側用人に取り立てられるのを見越して、進物などを贈る大名たちが跡を絶たぬ。そんな林田が加担しておるとなると、今回の贋金造りというのはよほどの利があるのじゃな」

宗里も小野川と林田を敵と見なした。

「小野川、林田を敵に回し、尚且つ勝たねば白雲斎さまを助けられませぬぞ」

左膳は言った。

「おお、その覚悟はあるぞ」

宗里は目を見開いた。

「決して勢いで申されておられるのではないですな」

意地が悪いようだが左膳は言った。

「むろんのことじゃ」

むきになって宗里は返した。

「将来のこともお考えになられよ」

左膳は言った。

庄右衛門が、

「殿、将来の老中への道がかかっておりますぞ」

と、割り込んだ。

「老中……」

宗里は譜代大名の当主として奏者番(そうしゃばん)の地位にあり、その中から寺社奉行に任じられ、その先の老中を目指している。父白雲斎が老中として幕政を担ったように、自分もやがては老中となって政を動かす、という野心を抱いているのである。

それには現役老中の引き立てや幕閣、大奥に敵を作らない方がよいのだ。小野川、林田と争って敗れれば出世競争から脱落するのである。

宗里は迷いを断ち切るように強く首を左右に振り、

「なんの、己が出世のために、理不尽に追い詰められた父を見捨てるなど、武士ではない。いや、武士以前に人ではない。それにな、わしはわが手で老中の座を摑み取るのじゃ」

酒が入っていないということは本気なのだろう。たとえ、この場の勢いにしろ、左膳は宗里の以前にはない逞しさを感じた。

話はついた、と酒と料理を注文した。

春代が腕によりをかけた料理が運ばれて来た。

若布の酢の物、泥鰌の丸煮、深川飯である。

「殿のお口に合いますかな」

左膳は危惧したが、宗里は美味いと言いながら健啖ぶりを示した。左膳が食べているおからにも興味を持ち、

「それも食したいな」

と、言った。

「これは、殿が食されるものではありませぬ」

さすがにおからを勧めるのは憚られた。

「いや、是非とも食べてみたい。藩邸の食膳に供(きょう)されぬ物がよいのじゃ」

藩邸暮らしの窮屈さから解き放たれた束の間の気儘(きまま)さを宗里は食事で楽しんだ。

すると、そこへ兵部がやって来た。

「おお、兵部、久しいのう」

宗里は上機嫌で兵部を迎えた。

「殿、どうしてこんなところに」

兵部が答えるとそこへ春代が料理を持って来た。

「どうせ、こんなところですよ」

春代は唇を尖らせた。

「いや、そういう意味じゃないんだ」

兵部は慌てて取り繕おうとした。正直、嘘偽りはない。出羽国鶴岡藩八万石の藩主たる宗里がいるとは思わなかったという意外性を言い立てているのだが、宗里はお忍び、素性を伏せている以上、その言い訳はできないのである。

「じゃ、どういう意味ですよ」

春代に問い直され、答えに窮していると、

「悪気があって言ったんじゃないってことはよくわかっていますよ。どうぞ、ごゆっくり」

あっさりと勘弁してくれると、小座敷から出ていった。

兵部は肩をそびやかし、酒を飲み始めた。それから、

「殿、どうしてこんな、あ、いや、市井の小料理屋にいらっしゃったんですか」

と、再び問いかけた。

宗里は庄右衛門を促した。

庄右衛門は白雲斎が評定所に呼び出された経緯を語り、宗里が勘定奉行小野川出雲守と御側御用取次林田肥後守と対決する覚悟を決めたと頼もしげに宗里を見やった。

「殿、よくぞ腹を括られた」

兵部は宗里を励ました。

「うむ」

宗里はうなずく。

「それは大したご決意だ。兵部、感服致しました」

兵部は頭を下げた。

次いで、

「で、親父殿、いかにして小野川と林田を追いつめるのだ。算段があるか」

兵部は左膳に問いかけた。

「林田、小野川双方を追いつめる必要はない。今回の企てを実行しておるのは小野川である。林田は欲で抱き込まれたのだ。よって、小野川を追い詰めればよい、と考えておるのだが、さて、具体的な方策はまだ浮かんでおらぬのが正直なところだ」

自戒の念を込め、左膳は打ち明けた。

ならばおれに任せろ、と兵部は返し、

「敵から仕掛けさせる」

と、異形の集団をおびき出すべく三浦屋百兵衛を使って策を整えた、と経緯を語った。

「さすがは兵部、勇ましいのお」

宗里は声を弾ませた。

「異形の集団、公儀御庭番の暁衆だ」

左膳は言った。

「暁衆だか払暁衆だか知らんが、ともかく、暁衆はおれを狙ってくる。そこを捕えて小野川による賭場の摘発は不正であったと口を割らせる」

こともなげに兵部は言った。

兵部らしい直截（ちょくせつ）な策に左膳は不安を覚えた。

「おまえ、暁衆相手に一人で立ち向かう気でいるのか」

呆れたように声をかけた。

「悪いか」

兵部はけろりと返した。

「良い、悪いではない」

左膳は顔をしかめた。

宗里は破顔し、

「兵部らしくてよい。しかし、いかに兵部が手練れであろうと、一人で立ち向かうのはやめるべきじゃ。よし、庄右衛門、当家の内からも腕の立つ者を兵部に加勢させよ」

と、命じた。

「かしこまってございます」

庄右衛門は答えた。

「いや、殿、どうぞ気遣いなく」

さすがに兵部といえど旧主に対して遠慮がちになった。

「遠慮せずともよい」

宗里は言ったが、

「本音を申します。遠慮じゃないですよ。言っては悪いが、大峰家でおれより強い、せめておれと互角に相手できる者がいますか」

兵部らしい遠慮会釈のない問いかけをした。

宗里は顔を歪め、

「庄右衛門、兵部が申す通り、頼りない者どもばかりしかおらぬのか」

「申し訳ございませぬ」

庄右衛門は額を畳にこすりつけた。宗里は渋面を作っていたが、

「そうじゃ」

と、手で膝を叩いた。

「いかがされましたか」

庄右衛門は不穏なものを感じながら問いかけた。

「庄右衛門、わが家来どもから見込みのあるものを選抜し、兵部の道場に通わせよ」

宗里らしい思い付きを口に出した。

「は、はあ」

庄右衛門は横目で兵部を見た。

「殿、わが道場は場末も場末、門人の全てが町人ですぞ。いや、一人だけ侍がおりますが、八丁堀同心です。とても武家の通う道場にあらず、です」

さすがに兵部も有難迷惑だとは言えず、遠回しに断りを入れた。

預けられても迷惑だし、足手まといにしかならない。しかし、宗里には兵部の意図はわからないようで、

「苦しゅうない。わしから家来どもには十分に話しておく。それにな、家中で来栖左膳、兵部親子の兵法者(へいほうしゃ)を知らぬ者はおらぬ。みな、喜び勇んで研鑽(けんさん)を積むであろう」

宗里は言った。

それでも兵部は断ろうとしたが、

「よいではないか。せっかくの殿の申し出なのだ、ありがたくお引き受け致せ」

左膳が間に入った。

宗里は大きくうなずき、

「そうじゃ。左膳も申しておるではないか」

と、うれしそうに言った。

「承知致しました」

恭しく兵部は頭を垂れた。

内心でやれやれと呟いた。

「いやあ、良かったですな」

庄右衛門は大徳利を両手で持ち上げ、兵部にお酌をした。兵部はそれを受け、苦い顔で飲み込んだ。

宗里が、

「おおそうじゃ。庄右衛門、そなたも門人となるがよい」

と、言った。

「ええっ……そ、そんな……殿、拙者は殿の御用で多忙でありますので」

庄右衛門は慌てて辞退しようとしたが、

「わしの用事は、しばらくはよい。小野川との決着をつけるまではな。庄右衛門にも手柄を立てさせてやろうというのじゃ」

宗里は恩着せがましく告げた。

「そ、そんな」

庄右衛門は口を半開きにした。

兵部はにんまりとして、

「庄右衛門、じっくりと鍛えてやるぞ。鈍った身体も少しはしゃきっとなるであろう」

兵部は愉快そうに笑った。

「はあ……」

情けない声で庄右衛門はうなだれた。

話がついたところで、

「暁衆、異形の兵法を使うぞ。そなた、その備えはあるのか」

左膳は確かめた。

「青龍刀、毒霧噴き、独楽など曲芸のような技を駆使するそうだな。確かにこれまでに出くわした敵にはいなかった者たちではあるが、こっちが敵に合わせることはない。おれは父上から学んだ来栖天心流で刃を交えるまでのことだ」

兵部が胸を張ると、

「うむ、よう申した」

宗里が感心した。

「そういうことだ、親父殿」

兵部も上機嫌となった。

「そうか」

と、受けてから、

「まさしく、その通りだ。どこまでも一本突きでゆくぞ」

左膳も納得した。

「今宵の酒は美味いな。のう、庄右衛門」

すっかり宗里は上機嫌になった。

だが、宗里の機嫌の良さとは裏腹に暁衆との対決は楽観できるものではなかった。左膳はそのことを思うと浮かれる気にはなれない。それでも、嫌な顔をせずに酒を飲んだ。

いつもはお代わりをするおからだが、今日はそんな気になれない。味も感じない。

しかし宗里は、

「左膳、その方、良き倅を持ったものだな」

と、褒め上げた。

「畏れ入りましてございます」

左膳は無難な答えをした。

「ともかく、預かったからには手加減はしませんぞ」

兵部が念押しをすると、

「うむ、一切の手加減は無用じゃ。ぞんぶんに鍛え上げよ」

諸手(もろて)を挙げて賛同し、宗里は命じた。

「そのお言葉、忘れませぬぞ」

兵部は確約を求めた。

「武士に二言はなしじゃ」

宗里は凛(りん)とした声で約束した。

庄右衛門は首をすくませた。これから待ち受けるであろう兵部のしごきに恐れを成しているようだ。

「よかったのう庄右衛門」

皮肉や意地悪ではなく、宗里は本心から言っているようだ。

「まさしく、光栄の至りでございます」

庄右衛門も渋々言った。

「庄右衛門、みなの手本になれよ」

兵部の激励に、

「は、はい……」

蚊の鳴くような声で庄右衛門は答えた。

四

小野川は三浦屋百兵衛の訪問を受けた。

百兵衛の冴えない顔を見ると、

「どうした、陰気臭い顔をしおって」

小野川は百兵衛をなじった。

「厄介なお人と関わってしまいました」

百兵衛は嘆いた。

黙って小野川は先を促す。

「模造小屋の贋金造りに携わった三人を始末した際に用心棒で雇った浪人、来栖兵部です」

　百兵衛の話を聞き、

「来栖兵部か……まったく、親子で迷惑な者たちじゃ。白雲斎さまを追い込んだことで来栖左膳は手を引くと思ったのだがな、ちと甘く見ておったか」

　小野川は舌打ちをした。

「おまけに、兵部は暁衆を成敗すると申しました。つきましては小野川さまにその旨、伝えよ、などと申したのです」

　百兵衛は困った、と繰り返した。

「暁衆を退治じゃと」

　小野川は顔を歪めた。

「三人を殺したのは暁衆だと決めつけ、勘定奉行小野川さまの手先になっているゆえ町方が手出しできないなら自分が退治する、などと申しております」

「偉そうに、何さまのつもりじゃ。三人を殺したのは暁衆だという証でもあるのか」

　小野川は冷笑を放った。

「暁衆らしき異形の者と池之端の賭場を潰した者たちが同一だと決めてかかっておるのです……実際、同じ暁衆の仕業なのですが」

「当て推量にしか過ぎぬではないか。御白州(おしらす)で裁けば濡れ衣で解き放たれるだけではないか」

小野川は薄笑いを浮かべた。

「まこと、小野川さまがおっしゃることは正論でございます。しかし、兵部は正論が通じない者です。世の中にはそうした者、物の道理が通じぬ者がおるのです」

百兵衛は言った。

「まあ、そうした者も使いようではあるがな」

小野川は言った。

「いかがしますか」

百兵衛は上目遣いになった。

「高々一人、暁衆に始末させよう」

安易な物言いで小野川は言った。

「そう、うまくいきますか」

百兵衛は懸念を示した。

「いくら手練れでも一人を殺すに苦労はいらぬぞ」

余裕の笑みを浮かべる小野川に対して百兵衛は顔を曇らせたままだ。百兵衛の杞憂(きゆう)

を払拭しようとして、

「よし、羅門を呼ぶ」

と、家来に羅門を呼ばせた。

待つ程もなく羅門甲陽斎がやって来た。

尖った禿頭を光らせ、自信たっぷりな様子でどっかと腰を据える。小野川から百兵衛に兵部のことを話せと促される。百兵衛は兵部が三人殺しの下手人を暁衆と見定めて退治をすると宣言したことを話した。

「馬鹿な男であろう。構わぬ。ひとひねりにしてやれ」

小野川は言った。

羅門は簡単に請け負うと思ったが、

「ひとひねりできるような男ではない、と思うぞ」

「なんじゃと」

意外そうに小野川は返した。

「兵部とは直接手合わせをしたことはないが、父の左膳は相当な手練れであった。町道場を開き左膳から伝えられた来栖天心流の看板を掲げている以上、兵部自身も一流の兵法者であろう。若い分、体力という点では左膳に勝る。市井で討ち取るとなると相当な騒ぎとなる」

羅門の危惧に、

「幸い、兵部はよほど無謀なのか自信過剰なのか、暁衆との果し合いを望んでおります。よって、こちらから誘えばよろしいのではないでしょうか」

百兵衛が言うと、

「おお、そうじゃ。そうせよ」

小野川は食いついた。

「呼び出すと申してもな……」

羅門は躊躇いを示した。

「どうしたのじゃ。こちらの都合の良い場所でこちらの人数を揃えて戦えるのじゃ。よもや、討ち漏らすことなどあるまい。飛んで火に入る夏の虫、とはまさしく来栖兵部のことじゃ」

小野川は声を放って笑った。

「そうですよ」

百兵衛も明るく応じたが、羅門は腕を組んで考え事をしている。

「どうした」

小野川が問いかけると、

「いかにもうま過ぎる……うま過ぎるとは思わぬか。我らにどうぞ始末をしてくれ、と言っているようなものではないか」

羅門は危惧を示した。

すると百兵衛が、

「来栖兵部とは少々、いや、大いに変わったお人なのですよ」

と、言った。

「変わった男なのかどうかはどうでもいい。ただな、御庭番としては勘繰りたくなるものでな。あいつからしたら異形の者たち、得体の知れない敵に、しかも敵の都合の良い場所で刃を交えるなど、愚の骨頂、死にに行くようなものだ。きっと、何か魂胆があるのだ」

羅門は勘ぐった。

「魂胆……勘繰り過ぎではないのか」

小野川は否定したものの不安が生じたようで言葉尻が怪しくなった。

「いや、きっと、何か罠を仕掛けておるのだ。我らをおびき寄せるつもりだろう」

「おびき寄せてどうする。町奉行所に助勢を頼んで捕縛すると申すか」

「そうかもしれぬ」

「町方は手出しせぬぞ」

小野川は断言した。

「町方ではないにしても多人数を引き連れて出向いて来るかもしれぬ。そうなれば、大騒動ではないか」

羅門は危惧した。

「多人数と申しても来栖兵部は浪人だぞ。あてにできる侍などはおるまい」

小野川が異論を唱えると、

「兵部は道場主なのだろう。ならば、門弟がおろう。門弟たちを引き連れて来るかもしれぬではないか」

あくまで羅門は慎重だ。

これには百兵衛が、

「ところがですよ、兵部先生の道場はですね、門人はいるにはいるんですが、みんな揃いも揃って剣術好きの町人という有様なんですよ。これは確かです。あたしに兵部先生を紹介してくれた傘屋、鈿女屋の主人次郎右衛門から聞きました。その町人たちも次郎右衛門の紹介です。ああ、そうだ、一人お侍はいますが、八丁堀同心ですよ。

兵部先生と一緒に三人殺しを探索している同心ですよ」

と、笑って語った。

それみろ、という目で小野川は羅門を見た。

「門人以外の侍たちを連れてくるかもしれぬ」

羅門はまだ危惧から抜け出せない。

「おいおい、疑心暗鬼に駆られておるのではないか。そうなると、悪いことばかり考えてしまうぞ」

小野川が言った時、林田から使いが来た。家臣が文を受け取り、小野川に差し出した。小野川はさっと目を通し、

「大峰能登守さまが評定所に異議を申し立てたそうだ」

と、告げた。

二人が黙っていると、

「白雲斎さまを評定所に呼び出すのは不当だと異議を唱えておられるそうだ。しかし、そんなことは無理というものだ。大峰さまも若気の至りを後悔せねばよいがな」

小野川は笑った。

「羅門さま、杞憂でございます。さて、何時、何処に呼び出しましょうか。ご指定頂

ければ、手前が兵部先生に伝えます」

　百兵衛が申し出た。

　羅門はそれでもすぐには返事をせず、

「ちょっと、待て」

　と、言った。

「まだ、憂いているのか。そちらしくもない。取り越し苦労が過ぎるのではないのか」

　小野川は責めるような口調になった。

「そうであって欲しいものだ。しかし、どうもひっかかるのだ。わしはな、決して臆病になっておるのではないぞ」

　むきになって羅門は言い立てた。

「心配性になっておるのではないか」

　小野川の言葉の裏には羅門を小心だという嘲りが感じられる。

「いや、そうではない。御庭番としての勘だ。その勘をないがしろにしては役目をしくじる。それだけじゃない。命を落とすことになるのだ」

　練達(れんたつ)の御庭番、しかも命のやり取りをしてきた羅門の言葉だけに重みがある。

「では、得心がゆくまでお考えくださ い。お決めになったらいつなりと連絡してください。お願いします」

百兵衛は言った。

「ならば」

羅門は立った。

「どうするのだ」

小野川が尋ねる。

「来栖兵部という男、この目で確かめてまいる」

羅門は告げると部屋を出ていった。

小野川と百兵衛は顔を見合わせた。

「少々、気が昂(たかぶ)っておられますな」

百兵衛は小さくため息を吐いた。

五

羅門は兵部の町道場へとやって来た。

風呂敷包みを背負った行商人の格好である。手拭で頬被りをし、背中を丸めてとぼとぼと歩く姿はとても辣腕の御庭番には見えない。

道場の庭に紺の道着を着た十人余りの門人がいる。

「おや……」

町人には見えない。

侍の髷だし、木刀を振るう姿はそれなりに武芸を学んだ跡があった。

長身の男が彼らの前に立った。

門人の一人が、

「兵部先生に礼」

と、声をかけた。

「庄右衛門、そんなに堅苦しい挨拶は抜きにしてくれ」

兵部は右手をひらひらと振った。

庄右衛門と呼ばれた男は凡庸(ぼんよう)を絵に描いたような男であった。

「いえ、殿の命により兵部さまの門人となったのです。我ら大峰家の沽券(こけん)にかけて敵を退治するのです」

声を上ずらせ庄右衛門は決意を示した。

他の者たちも肩を怒らせ、闘争心を露わにしている。

「よかろう。ならば、言葉よりも実践だ。素振り、百回」

兵部が命じると、

「おう！」

勢いのいい気合いと共に庄右衛門以下、大峰家の門人たちは素振りを始めた。

「一回、二回、三回……」

と、声をかけながら兵部は彼らの間を回ってゆく。

「庄右衛門、腰が入っとらんぞ」

兵部は庄右衛門の尻を木刀で叩く。庄左衛門は必死の形相で木刀を振った。

「気合いを入れろ」

兵部は声をかけつつ門人たちを叱咤した。

「素振りが終わったら、湯島天神の石段を三十回、駆け上がり、駆け下りるぞ、わかったな」

大音声で兵部が命ずると侍たちの中には悲鳴を上げる者もいたが、兵部に睨まれ口を噤んだ。

「これは……」

羅門は唇を嚙んだ。

なんのことはない、来栖兵部は大峰家中の助勢を受けたのだ。これだから、甘く見てはだめなのである。

兵部は暁衆の誘いに乗ると見せかけて万全の態勢で臨むつもりであったのだ。

「兵部め」

危うくのこのこと出向き、兵部に討ち取られるところであった。

羅門は唇を嚙み、大急ぎで小野川の屋敷に戻った。


「兵部めにたばかられるところであった」

憤然と羅門は座った。

次いで、小野川と百兵衛に兵部の道場で見たことを話した。

小野川が目を剝き、

「大峰家の者が兵部の道場に入門したということは」

「決まっておる。暁衆を誘い出して成敗するつもりだ」

羅門が言うと、

「大峰さまは白雲斎さまの窮地を救うべく兵部に加勢をしたのだな」

小野川は納得した。

百兵衛も、

「いや、これはまさしく羅門さまのご慧眼でございますな。手前が浅はかでございました」

と、頭を下げた。

「ならば、考え直さねばならぬな」

小野川も心配になったようだ。

「うむ。兵部を始末すればよい。ならば、闇討ちということも考えられるが」

羅門は迷っている。

「いや、闇討ちしかあるまい」

思いつくまま小野川は勧めた。

羅門はふと、

「次の賭場潰しじゃ」

と、言った。

小野川がおうっと声を上げた。

「あと一件、大きな賭場を潰すつもりじゃ。それが片付けば、あとはわしらの思うがままであるからな」

小野川は言った。

「そこに、その賭場に兵部を誘い出す」

羅門が策を示すと、

「なるほど、それはよいかもしれぬな。賭場に大峰家中の者たちが出入りするわけにはいかぬからな。じゃが、兵部をいかにして賭場に誘うのだ」

賛同しながらも小野川は疑問を呈した。

「我らが潰した賭場の博徒で異議を申し立てた者がおるな」

「池之端の賭場の博徒だな」

小野川はうなずいた。

「そいつ、弥吉という男だな」

羅門は素性を把握したそうだ。

「博徒をいかに使う」

小野川は興味を抱いた。

「弥吉は我らの不当な賭場潰しに憤慨していた。その弥吉に次の我らの狙い先を教えてやるのだ。暁衆の一人を弥吉の賭場に客として潜り込ませておったからな。その男から我らの動きを聞いた弥吉は世話になっている八丁堀同心近藤銀之助と兵部に伝えるだろう。兵部はそれを聞いて賭場潰しの現場にやって来るのではないか」

　羅門は言った。

「確信はあるか」

　小野川は確かめた。

「いや、確実だとは言えない。しかし、それをやってみるだけの価値はある。駄目で元々ではないか」

　羅門の考えに、

「そうじゃな、あくまで次の賭場を潰すのは既定の企てじゃ。そこに兵部が来るかどうかは二の次。来なかったら、次の手立てを考えればよいな」

　小野川も乗り気になった。

「面白くなってきましたな」

　百兵衛もうれしそうな顔をした。

　稽古を終えた兵部は暁衆に潰された池之端の賭場の博徒、弥吉の訪問を受けた。銀之助も一緒に弥吉の用件をきいた。

「勘定所が次に潰す賭場がわかりましたよ」

興奮気味に弥吉は言い立てた。

「何処で聞いたんだ」

銀之助が確かめると、

「賭場で何度か会った客なんですよ」

その客は幸いにして摘発の時はそこにいなかったそうだ。

「うちの賭場が潰れて、それで違う賭場に通っていたそうなんですけどね、なんだか不穏な空気が漂っていて、今夜が最終の開帳でしばらく鳴りを潜めるって言っていたんです」

上野、池之端界隈で最後に残った賭場だそうだ。

「ですから、勘定所が贋金を名目に潰すとしたら今夜なんですよ。これ以上、濡れ衣で賭場が潰されるのは我慢できませんや。ほんと、あっしにも博徒の意地ってもんがありますんでね」

顔を朱に染めて弥吉は訴えかけた。

「そうか」

銀之助も唇を嚙んだ。

「兵部先生、あっしと一緒に賭場へ行って頂けませんか」

弥吉は頼んだ。

「そうだな、そこであれば暁衆とまみえることができるというものだ」

兵部もやる気になった。

「お願いできますか」

「ああ、行くぞ」

兵部が了承すると、

「拙者も行きます」

銀之助も意気込んだ。

「おまえは、八丁堀同心だ。さすがに賭場への出入りはまずいぞ」

兵部はたしなめた。

「そうですが、見過ごしにはできません」

銀之助は言った。

「いや、やめておけ」

兵部は重ねてたしなめた。

弥吉も、

「近藤の旦那のお気持ちだけを頂戴しますよ。ですから、ここは兵部先生とあっしに任せてください」

弥吉も兵部に同調した。

「ならば、そうするか」

近藤は不承不承、承知をした。

「おいおい、そう腐るな」

明るく兵部は声をかけると、

「わかりました」

銀之助も了承したものの、それで納得できるものではない。

「なんだ、不満そうだな」

兵部も気になったようだ。

「不満ではなく不安なのです。相手は異形の者たちです。武器もそうですが、どのような手段を取ってくるかわかりませぬ。気持ちだけでは……」

銀之助が危ぶむと、

「おれが猪突猛進(ちょとつもうしん)で敵に当たる、と危惧しておるのだな」

どうだ、と兵部は確かめた。

銀之助は、「そうです」と小声で答え、首を縦に振った。

「日頃のおれを見ておればそう思うのは無理もないが、心配するな。おれだって行き当たりばったりじゃない。ちゃんと、算段あってのことだ」

兵部は真顔になった。

銀之助は口を半開きにして兵部の言葉を待った。

「賭場にやって来るのは暁衆ばかりではない。贋金を摘発する勘定所の役人もだ。おそらく、役人どもは贋金を持参しているだろう。だから、暁衆と刃を交えながらも狙いは役人だ。役人の一人を捕まえて、贋金を持っていることを明らかにするのだ。贋金を持っていれば動かぬ証拠だ。できれば小野川の企てを白状させ、林田にも罪を償わせてやる」

兵部から策を聞き、

「なるほど」

銀之助も納得した。

道場を出てから銀之助はやはり兵部が心配になった。たとえ、八丁堀同心の立場を捨て賭場に駆けつけたとしても正直、役には立つまい。

ならば。

銀之助は左膳を訪ねることにした。

第五章　逃げるが勝ち

一

自宅の傘張り小屋で左膳は銀之助の訪問を受けた。

切羽詰まったような表情を見れば、大事が起きたことが察せられる。作業の手を止め、左膳は話すよう促した。

果たして、

「兵部先生が……」

切り出したものの銀之助は息が乱れる余り、意味不明の言葉となった。左膳から落ち着くように促され、銀之助は息を調えてから改めて語った。

暁衆に潰された池之端の賭場の博徒弥吉から暁衆が狙う賭場を教えられ、一緒に向かったことがわかった。

「一人でか」

左膳が問うと、

「弥吉と二人です。もっとも、弥吉は案内人ですから、実質は兵部先生お一人ですね」

妙に冷静になって銀之助は告げた。

「大峰家中の者たちは……」

問いかけてから、大名家の家臣が賭場に出入りはできないな、と自分で答えた。

「悪党の巣窟に一人で乗り込むとは、兵部らしいな」

「兵部先生は開帳前の賭場に乗り込み、暁衆が現れるのを待つおつもりです。暁衆の機先を制して攻撃を仕掛ける、そして、勘定所の役人が賭場に持ち込むであろう贋金を奪うおつもりです。さすれば、暁衆と勘定奉行小野川出雲守の企てを暴き立てられるとお考えなのです」

「そういうことか。暁衆を成敗するというよりは、贋金持ち込みの動かぬ証を得ようというのだな。兵部にしては目のつけどころはよい」

左膳は評した。

「ですから、刃傷沙汰は早めに切り上げて、賭場から退散する。よって自分一人で十分だ、とお考えなのです」

銀之助は言った。

「そんなことを申すが、暁衆の人数はどれほどなのかわかっておるのか」

左膳は疑念を投げかけた。

「わかっておりません」

銀之助は首を左右に振った。

「出たとこ勝負か……まこと、兵部らしいのお」

左膳は顔を歪めた。

「兵部先生は、暁衆と共に賭場にやって来る勘定所の役人を人質に取るおつもりのようです」

銀之助の話で兵部の作戦はわかった。

無鉄砲な男ではあるが兵部なりの勝算を抱いて賭場に乗り込むようだ。

「ですが、やはり、お一人というのはいかにも危ぶまれます」

銀之助は心配の色を深めた。

「わかった。ゆこう」

左膳は請け負った。

羅門甲陽斎と勘定所の役人三人が上野黒門町の賭場にやって来た。役人を束ねる前田吉蔵に、

「前田さん、これが最後だ」

羅門は告げた。

前田は遠慮がちに口を開いた。

「羅門殿、やはりまずいのではないのか。勘定所が贋金を賭場に持ち込むのはよくない。よくないどころではない。やってはならないとわしは思う」

「今頃になって何を言う。怖気づいたら事をしくじるぞ」

羅門は睨み返した。

「しかし、いくら賭場とはいえ、濡れ衣を着せるのは……」

尚も前田は躊躇った。

他の二人も小さくうなずく。

「贋金は賭場で使われる。そして、賭場は悪、潰すに越したことはない。贋金撲滅と賭場潰し、まさしく一石二鳥ということだ。勘定奉行小野川出雲守さまも了承なさっ

ておられる。了承というより、積極的に推進しておられるのだ。そなた、勘定所の役人の身で奉行である小野川さまに逆らうのか。ならば、直ちに職を辞して異論を申し立てよ」

居丈高に羅門は言い立てた。

前田はたじろいだ。

「いかに！」

嵩にかかって羅門は詰め寄った。

伏し目がちとなった前田は、

「逆らう気はござらぬ。ですが、やはり、拙者はこのやり方は間違っておる、と思います」

それが精一杯の抵抗であるかのように前田は持論を述べ立てた。

「ふん、役人というのは、上の命令を忠実に実行するものだぞ」

羅門は冷然と告げた。

朋輩二人から促され、前田はわかりました、と承知した。

「さあ、踏み込むぞ」

羅門は告げたが、

「賭場はまだ開帳していないようですぞ」

前田は訝しんだ。

「開帳しておらずとも構わぬ」

羅門は暁衆を促した。暁衆が賭場に入ろうとするのを制し、

「拙者らが参ります」

前田は他の二人と一緒に賭場に足を踏み入れた。


前田を先頭に賭場に立ち入った。

まだ、賭場は開帳されていないとあって客はおらず、博徒たちが盆茣蓙の準備をし、帳場では銭金と交換する駒札を用意している。

「勘定所である。贋金の使用を確かめる」

前田が告げた。

博徒たちは大人しく従った。

「賭場から出て行け」

羅門が博徒たちに命じた。

居丈高に怒鳴られ、博徒たちはぞろぞろと賭場から出て行った。がらんとした賭場

に羅門が仁王立ちした。前田はどういうつもりなのかと訝しんだ。

「なに、これから我らの邪魔立てを致す者を成敗してやるのだ」

前田たちは要領を得ず、戸惑うばかりである。

「方々(かたがた)はゆっくりと見物なされ」

羅門は言った。

二

兵部は弥吉の案内で上野黒門町の賭場へとやって来た。

「開帳して半時程が過ぎていますよ。そろそろ客が大勢揃う頃です。沢山の銭金が飛び交う頃合でさあ。これから、勘定所が踏み込んでくるんじゃありませんかね」

弥吉に言われ、

「よし、待ち伏せるには丁度良いな」

兵部も納得して賭場に足を向けた。

賭場に入った。

「おや」

弥吉が首を傾げたように帳場に誰もいない。

「どうしたんでしょうね」

弥吉は兵部に問いかけた。

足を踏み入れると帳場もがらんとしている。一人として博徒はおらず盆茣蓙だけが用意されていた。二十畳ばかりの座敷が広がるばかりだ。

「遅かったか。もう、暁衆に潰されたのかもしれんな」

兵部は言ったが、帳場は荒らされていない。勘定所の役人が帳場を調べていないのかもしれない。

果たして潰されたのだろうか、という疑念に迷っていると奥の襖が開いた。

羅門と異形の者たちが現れた。

羅門を先頭に、天狗面の男、二本の短刀をお手玉のように操る者、宙返りをする者、青龍刀を呑む者が賭場に入って来た。

「待っておったぞ、来栖兵部」

羅門は余裕綽々(しゃくしゃく)で声を放った。

「おまえは、出て行け」

兵部は弥吉に言った。

「でも……」

弥吉は躊躇いを示したが、

「早く出て行け、足手まといだ」

ぶっきらぼうに声をかけ兵部は暁衆と向かい合った。弥吉は、「すんません」と頭を下げてから賭場を逃げ出した。

「出迎え、かたじけない」

余裕の笑みを浮かべ、兵部は声をかけた。

「おお、首を長くして待っておったぞ」

羅門は不敵な笑みを浮かべた。

三人の侍が暁衆の背後で立っている。羽織袴に身形（みなり）を整えた三人は異形の暁衆とは好対照をなしている。勘定所の役人であろう。

「贋金を持ち込むのはよくないぞ、なあ、あんたら勘定所の役人だろう」

兵部は三人に声をかけた。前田は唇を嚙み、何も言えないでいる。他の二人も兵部の視線から逃れるように横を向いた。

「役人のやることじゃないな。こんな悪党に加担するなんて。あ、いや、勘定奉行さまが悪党に加担しているんだったな。あんたらは勘定奉行小野川出雲守の命令で贋金の摘発を口実に贋金を持ち込むなんて詐欺(さぎ)を働いているというわけだ。不正を承知で役目を果たさねばならない、とは宮仕えは辛いな」

兵部は笑い飛ばした。

「その辺にしておけ。来栖兵部、覚悟」

羅門は抜刀した。

「おお、喜んで」

兵部も大刀を抜き放った。

口から青龍刀を抜いた男が斬り込んできた。兵部は大刀を下段から斬り上げた。刃がぶつかり合い、青白い火花が飛び散った。

敵は後方に退くと、右手で青龍刀を持ち、兵部めがけて投げてきた。

兵部は大刀で青龍刀を叩き落とす。

と、その時、

「伏せろ！」

背後から左膳の声が轟いた。

咄嗟に、兵部は前方に倒れ込む。

その直後、頭上を炎が走った。

兵部の後方に隠れていた達磨のような男が火を噴きつけたのだった。

左膳が暁衆に斬り込んだ。怒号が飛び交い、火が付いた襖が燃え始めた。

「火事だぞ！」

兵部は立ち上がり大音声を発した。何処からともなく博徒たちが大慌てで駆け込んで来て、天水桶（てんすいおけ）の水をかける。

博徒、暁衆が入り乱れるうちに賭場の周辺も騒がしくなった。

「引くぞ！」

羅門は暁衆に撤退を命じた。

勘定所の役人たちも逃げ出す。兵部は三人を追いかけ、前田の襟首を摑み、引き倒した。前田は恐怖で顔を引き攣らせ、その場で失神してしまった。

幸い、襖を焦がしただけで火は消し止められた。

「親父殿、借りができたな」

兵部は言った。

「無謀な奴よ。今に始まったことではないがな」

言葉とは裏腹に左膳は嬉しそうに笑った。無謀な息子を不肖（ふしょう）とは思わず、誇っているようだ。

「ともかく、親父殿に助けられた。強がっても、いざとなったらおれでも命は惜しいものだ」

　この時ばかりは兵庫も殊勝になった。

「それでよい。自分の命を惜しめば他人の命の尊さもわかる」

　左膳は賭場に昏倒(こんとう)している前田の側(そば)に歩み寄る。次に抱き起こし背中に膝を当て、

「おい」

　と、声をかけた。

　前田は目を開き、はっとしたように周囲を見回すと兵部を目に留め、怯えた顔をした。

「申し訳ございませぬ」

　口を開いて出た言葉は詫び事であった。

「そなた、勘定所の役人だな」

　左膳が問いかけると、

「はい」

　短く答え、前田はうなだれた。

「顔を上げられないってことはやましいことをやっているって証だな」

兵部がからかうかのように声をかけた。

「それは……」

苦しそうに前田は呻いた。

「正直に言ってみろ」

兵部は迫った。

「いや、何もやましいことなどしておりませぬ。あくまで、贋金の摘発を行っておるだけ、いわば、勘定所の役人としまして、その責務を果たしておるに過ぎませぬ」

落ち着いたのか前田は役人らしく役目への忠誠を見せた。

「あんたら勘定所の役人は、贋金を賭場に持ち込んでいるんじゃないのか。それが、勘定所の役目なのか」

兵部は鋭い眼光で睨む。

「そんな……」

兵部の視線から逃れるように前田は目を伏せた。

「何も取って食おうというのではないのだ」

一転して兵部は穏やかに語りかける。

「贋金など持ち込んでおりません」

尚も前田は突っぱねた。

と、やおら兵部は座ったまま大刀を抜いた。前田は恐怖に引き攣った顔で腰を上げた。兵部も立ち上がり様、大刀を横に一閃させた。

着物の袂が切り裂かれ、前田が尻餅をついたと同時に金貨が散乱した。隠し持っていた小判と一分金であった。

動かぬ証拠が露わになったところで、

「正直に申せ」

改めて兵部は問いかけ、大刀を鞘に納めた。

覚悟を決めたのか前田はきりりとした表情となり、

「貴様、賭場の用心棒であろう。そんな者と話したくはない。斬るなら斬れ。今度は着物ではなく生身の身体を斬るがいい」

兵部を睨んだ。

前田は勘違いをしているようだ。

小役人然としていた前田だが、いざとなると度胸があるようだ。役目に対する責任の強さと役人としての矜持を備えているようでもある。

「おれが用心棒だと」

兵部は笑った。

「何がおかしい」

前田はむっとなる。

「おれはな、用心棒などではない」

「ならば、どうして我らの邪魔立てをするのだ」

「勘定奉行小野川出雲守の悪企みを潰すためだよ」

兵部は言った。

「なんじゃと」

前田も目を凝らした。

兵部は左膳を見た。

左膳が、

「わしは、鶴岡藩大峰家元江戸家老、来栖左膳と申す」

続いて兵部が、

「倅の兵部だ」

と、名乗った。

「ええ……」

前田は口をあんぐりとさせた。

「嘘じゃないぞ」

兵部は笑った。

「一体、どういうことでござりますか」

言葉使いを改め、前田は左膳に問いかけた。

「贋金の出所を探索しておるのだ」

左膳は言った。

「我らもですが」

視線を泳がせ、前田は困惑した。

「実はな、贋金騒動の総元締めは何を隠そう勘定奉行小野川出雲守、その人ではないのか」

「…………」

兵部が教えると、
前田は混迷を深めた。

「伊達(だて)や酔狂(すいきょう)でこんな冗談は申せるものか」

兵部は顔をしかめた。

「しかし、我らは贋金の出所の探策と撲滅を小野川さまから命じられたのです」

「わかっているよ、小野川は自分で企てておきながら探索をやっているってわけだ。自作自演の狂言だよ」

兵部は笑った。

「そんな……それが本当なら、拙者は贋金一味の手先となっておったことになるではないですか」

前田はうなだれた。

「顔を上げろよ。悪いのはあんたじゃない」

兵部は前田の肩を右手で叩いた。

前田は面（おもて）を上げた。

ここで左膳が、

「旧主を助けたい」

と、語りかけた。

「白雲斎さまですか」

前田は言った。

左膳はうなずくと、

「白雲斎さまは贋金の出所を相模国三浦半島の三崎村代官陣屋だと見当をつけた。そこには大規模な模造品を造作する模造小屋があったからな」

「しかし、代官であった伊藤殿は罪を負って自害なさったではありませぬか」

眉根を寄せ前田は首を傾げた。

「蜥蜴の尻尾切りだ」

兵部は吐き捨てた。

三

「では……伊藤殿は、いわば利用されていたと」

驚きの表情で前田は返した。兵部は左膳を見た。これからの尋問は左膳に任すというようだ。

おもむろに左膳は語りかけた。

「公儀御庭番、河津五平次殿と懇意になった。経緯は省くが、五平次殿はわしに切腹の作法について訊いてまいった」

切腹という言葉に前田は目をしばたたいた。

「五平次殿は伊藤加治右衛門の不正の証を手に入れたが、それを品川宿で盗まれた。その責任を取り、御側御用取次、林田肥後守殿に探索の報告をした後に切腹して果てる覚悟であったのだ。ところが、証を盗んだのは五平次殿の朋輩、しかも、林田殿に命じられたのだ」

「まさか……何故、林田さまは御庭番を」

息を呑み、前田は問い返した。

「林田殿は小野川殿と手を組み、伊藤の不正と自分たちとの関係を消すためだ。伊藤が代官陣屋で模造品を作っておったと、伊藤に罪の全てを負わせたからだ。模造品とは浮世絵、骨董品ばかりではない。贋金もだ」

左膳の話を受け、

「では、贋金は小野川さまが造作しておられるのですか」

前田は言った。

「だから、言ったじゃないか」

兵部が不満そうに割り込んだ。

「すみませぬ」

申し訳なさそうに前田は頭を下げた。

左膳は続けた。

「つまり、自分で造作した贋金を勘定所に摘発させているわけだ」

「どうしてそのようなことを」

前田はすっかり困惑している。

「それを確かめたいのだ」

左膳は目を凝らした。

「何か、耳にしていないのか」

兵部が問いかけた。

「さて、我らはひたすらに賭場に立ち入りを命じられておるものですから」

前田は嘘を吐いていないようだ。

「ならば、問い直す。賭場ばかりに立ち入るのはいかなるわけだ」

左膳の問いかけに、

「賭場は贋金が出回りやすいということです」

「それだけか」

「はあ……」

「贋金を糾弾（きゅうだん）するのを名目に賭場を潰そうとしておるのではないか」

「……それはそうかもしれません。賭場が潰れれば世の中が浄化される、と小野川さまは口癖のようにおっしゃっていました」

「言葉通りに受け取るわけにはいかぬな」

兵部は顎を掻いた。

「ですが、実際、賭場が潰れれば悪行も減る……あ、いや、そんな単純にはいかぬかもしれませぬ。それに、必要悪というか、人は四角四面には生きられぬものとも思います。ですから、賭場を失くすというのは」

ここまで前田が語ったところで近藤が口を挟んだ。

「畏れ入ります。賭場を撲滅する上で気になることがあるのです」

話を止められ、むっとした前田であったが近藤の話に興味を抱いたようで、近藤に視線を向けた。

左膳が話の続きを促した。

「勘定所の摘発を免れた賭場があるのです。もっとも、免れた賭場は先月から開帳をしておりません」

近藤の話を受け、左膳が、

「立ち入る賭場はどうやって決めたのだ」

と、前田に問いかけた。

「小野川さまからの指示に従ったのです」

別段、疑問も感じずに前田は役目だと思って遂行(すいこう)したのだった。

「もっともだな」

左膳は前田の答えを受け入れてから、

「作為(さくい)を感じるな」

兵部が言った。

「とおっしゃると、小野川さまは潰す賭場と潰さない賭場を分けていた、ということですか」

前田が問うと、

「そうに決まっているさ」

例によって兵部は決めつけた。

「なんのために」

前田は混迷を深めた。

兵部は首を捻りながら、

「利用しようとした賭場とそうではない賭場ということか」

「利用というと」

左膳が問いかける。

「そうだな、摘発しない代わりに賭場の上がりを貢(みつ)がせる、とか」

兵部は答えた。

「そんなことか……あまりにも陳腐(ちんぷ)ではないか。小悪党が行う不正だ。小野川は農民から己(おの)が才覚で成り上がった男だ。三崎村の代官であった時、三浦屋百兵衛と知り合った。三崎村の代官を務めた後、小野川は勘定所に戻り、出世を重ねている。代官としての辣腕ぶりを評価されたのだ。評価の大きな理由は百兵衛が引き揚げた海賊の荷と千両箱であった。その千両箱は上野寛永寺に奉納される御用金であったのだ」

小野川は勘定奉行に成り上がった。

左膳は続けた。

「小野川は贋金造りという危ない橋を渡っている。危険を冒してまでもやろうとしていることがあるのだろう。高々、博徒の上前(うわまえ)を撥ねるのが目的とは思えない」

「なるほど、親父殿の申される通りだな」

兵部は納得し、

「拙者もそう思います」

銀之助も入った。

「となると、その目的だな。小野川は何を狙っているのだ。出世か」

兵部は言った。

前田が、

「この上の出世となりますと町奉行となりますが、それなら危険な賭けに出なくても小野川さまであればやがては町奉行に昇進できます」

と、言った。

江戸町奉行は勘定奉行と役高は同じ三千石であるが、江戸城内の控えの間での席は上座である。勘定奉行を経て町奉行になる者は珍しくはないが町奉行から勘定奉行に転出する者はいない。つまり、町奉行が上位ということだ。

町奉行になれば出世と言えるが、前田が言うようにそんな困難さはない。勘定奉行として順当に職務を遂行すれば昇進できるのだ。

「ならば、町奉行以外の出世を望んでいるのか。すると、寺社奉行か。寺社奉行は大名の役目だ。小野川は大名になろうとしているんじゃないのか」

兵部の考えに、

「それは、いかに仕事ができようと、無理というものです」

　即座に前田は否定した。

「だが、大岡忠相(おおおかただすけ)は町奉行から寺社奉行に出世したし、旗本から大名になったじゃないか」

　兵部が反論すると、

「大岡さまは八代将軍吉宗公の信頼厚く、吉宗公の改革の担い手でもあられました。吉宗公が薨去(こうきょ)なさった際には葬儀を取り仕切ってもおられます。よって、吉宗公から加増の積み重ねで大名となられたのです。小野川さまは幕閣の評判は良いですし、仕事ぶりも評価されておりますが、さすがに公方(くぼう)さまとは深い繋がりまではありません。公儀の秩序、慣例を破ってまで大名になれるとは思っておられないでしょう」

　前田が答えると兵部も自説を引っ込めたものの、

「ならば、小野川は何を望んでおるのだ」

　と、当惑した。

「贋金摘発を行うのは賭場だけなのか」

　左膳が前田に問いかけた。

　前田は小さく首を左右に振ってから、

「魚河岸、吉原にも調べを広げるよう小野川さまは計画を立てておられます」

「いずれも、大金が落ちるところであり、贋金が出回りがちではあるな」

左膳が納得すると、

「なるほどな」

兵部もうなずいた。

前田は、

「それと、これは贋金と関係あるのかどうかはわかりませんが、堺町などにある芝居小屋を移すように建言しておられます」

江戸三座と呼ばれる、中村座、市村座、森田座という幕府官許の芝居小屋がある。日本橋の魚河岸、吉原と共に日に千両が落ちると言われる繁盛ぶりだ。

それだけの大金が落ちるのは千両役者による芝居人気もあるが、大店の商人が使う金である。商人や商人の妻たちは特等席で観劇をし、近くの芝居茶屋で豪勢な食事をし、役者衆を呼んで宴を盛り上げる。そうした費用は莫大なものだ。

加えて、公然の秘密であるが若い大部屋の役者を買う、女房や主人がいた。陰間茶屋である。

小野川は陰間茶屋や大商人による役者との遊興を風紀の紊乱だと糾弾し、芝居小屋を堺町などの町場から江戸近郊に移すべし、と建言しているとか。

「幕閣の中には芝居小屋を苦々しく思っておられる方もいらっしゃいます。ですから、小野川さまの建言には好意的に検討がなされておるようです」

前田が答えると、

「これだから、頭の固い連中は始末に負えないんだよ」

兵部は嘆いた。

「小野川殿は具体的な移設先を考えておられるのか」

左膳は問いかけた。

「海辺新田です」

前田は即答した。

「あんな辺鄙（へんぴ）なところにか。そんなところじゃ、芝居がすたれてしまうぞ」

兵部は不満そうに言ったが芝居見物など滅多にしない。

「それが狙いなのではありませんか」

銀之助が考えを述べ立てた。

「それはそうだな」

兵部はうなずいた。

しかし左膳は、

「吉原と魚河岸には贋金摘発を定めておるのだ。芝居小屋との違いは何であろうな」

これには銀之助が、

「なるほど、おっしゃる通りです。贋金が出回るのは芝居小屋も同様です。しかるに、芝居小屋は移転で済ませ、吉原、魚河岸は潰そうと考えている、ということですか」

「いや、吉原も魚河岸も潰そうとは考えておらぬのではないか。潰してはあまりにも影響が大きい」

左膳の考えを受け、

「親父殿、小野川は吉原と魚河岸も海辺新田に移転させようとしておるのではないか」

兵部の推測に、

「わしもそう考える。芝居小屋を移転させるという建言をしたのは、芝居小屋のもたらす風紀の乱れに批判的な幕閣がいるためであろう。わざわざ、贋金摘発を名目にする必要はないのだ」

「まさしく」

左膳は考えを述べ立てた。

前田も明瞭な声音で賛同した。

「そうか、絵図が浮かんできたな。小野川は海辺新田に公儀官許のどでかい盛り場を作ろうとしているんだな」

兵部は言った。

「きっと、そうですよ」

銀之助も賛同した。

「壮大なる企てだな。小野川は自分がその盛り場を仕切るつもりだろう」

兵部は言った。

「なんと、大それた」

前田は口を半開きにした。

四

「あんた、こんなことを見過ごしにしてていいのかい」

兵部は迫った。

ここで銀之助が、

「前田殿のお立場を思うと小野川さまに逆らうというのは」

と、理解を示したが、

「そうとは言えないよ。勘定所の役人の職務、忠義ってものをよおく考えることだな。天下の通用たる通貨の贋物をばら撒き、それで私腹を肥やすなど、勘定奉行と言えるのか。勘定所の役人としてそれを見過ごすのか」

兵部は熱い口調で語りかけた。

前田は唇を嚙み締めてじっと耐えるように兵部の話を聞いていたが、

「わかりました。わたしも天下の貨幣通用を扱う勘定所の役人の端くれです。小野川出雲守の不正を暴き立てます」

前田は決意を示した。

「よく言った」

兵部は賞賛したが、

「でも、前田さん、小野川さまの不正を暴くというと、どうすればいいのです。暁衆は前田さんが兵部先生や来栖さまに捕まったことを知っていますよ」

銀之助は疑問を投げかけた。

「それもそうだな」

前田を焚きつけておいて兵部は無責任にも策を立てていないようだ。

左膳が、

「我らから逃げ出したということにすればよい」

「それで、信用されるでしょうか」

銀之助は前田の身を案じた。

「やります」

半身を乗り出し、前田は強い意志を示した。

「ええっ」

驚きの顔を銀之助は向けた。

「たとえ怪しまれてもいいですよ」

前田の決意に、

「その意気だ」

またしても兵部は賞賛の声を上げる。それを銀之助が咎めるような目で見た。

「とにかく、小野川の屋敷に出向き、今日の不首尾を報告します。その後、小野川の動きを探ります」

前田は断固とした決意を示した。

「くれぐれも気をつけられよ」

左膳は前田を労った。

「では、これにて」

と、前田が立ち上がったところで、

「待て」

兵部も腰を上げ、

「歯を食い縛れ」

と、前田に声をかけた。

「はあ……」

唐突な兵部の言葉に前田はおやっという顔になった。

「そのままじゃ、怪しまれるだろう。いかにも逃げ出して来ましたという顔にならないとな」

兵部は拳を作った。

兵部の意図を察した前田は覚悟を決め、

「どうぞ……思い切ってやってください」

と、歯ばかりか両目を瞑った。

「いくぞ」

声をかけてから兵部は前田の顔面を殴りつけた。思わず銀之助は顔をそむける。前田は吹っ飛び畳に転がった。

「ああ、すまん」

巨体の兵部から繰り出された殴打は強烈で、兵部自身もやり過ぎたと悔いた。畳に這いつくばった前田は手で顔面を押さえながら立ち上がった。

「先生、少しは手加減をなさってくださいよ」

銀之助が抗議すると、

「つい、本気になってしまった」

兵部も反省しきりとなった。

それでも前田は、

「大丈夫です。これくらいの怪我を負わないと疑われます」

と、手を離した。

右目の周りに痣(あざ)ができている。

左膳が、

「小野川殿に会う頃には、よい色合いになっておるであろう」

と、笑った。

「まさしく」

兵部も言った。

おそらくは、赤黒く腫れ上がるだろう。

兵部が、

「こりゃ勇ましい面構えになるぜ」

と、言って笑った。

僅かだが、緊張が解(ほぐ)れた。

五

前田は小野川の屋敷を訪れた。

御殿玄関の控えの間で前田は小野川の面談を受けた。

「貴様、どの面(つら)下げて……」

頭ごなしに小野川は怒鳴りつけたが面を上げた前田を見て口を半開きにした。

「そ、その顔」

小野川は口を噤んだ。

「拙者、必死で敵から逃げてまいりました。情けないことに剣術には自信がございませぬ。それで、逃げてまいったのですが、この様でございます」

前田は頭を下げた。

「そうか……それは災難であったな。三十六計、逃げるが勝ち、とも言う。そなたが逃げたことを咎めはせぬ。むしろ、よく逃げてまいったものじゃ」

一転して、小野川は前田の所業を誉めた。

前田は平伏をしてから、

「あの賭場、このまま見過ごしにしてよろしいのですか」

「しばらくは放っておく」

小野川は言った。

「では、吉原、魚河岸への贋金調べに取りかかりますか」

前田は意気込みを示した。

「そうじゃな。吉原、魚河岸での贋金流通の取調べは行うが、それにはそなたは加わらずともよい」

小野川が言うと、

「いいえ、汚名返上のためにも是非とも働きたいと存じます」

　前田は引かない。

「他の者に任せればよい。そなた、その顔では取調べに入るのは憚られるぞ」

　小野川は言った。

「それは」

　恥じ入るように前田は顔を伏せた。

　それから、

「この失態を挽回したいと存じます。何か役に立つことがあればなんなりとお申しつけください」

　殊勝な態度で前田は申し出た。

「ならば、海辺新田での役目を手伝え」

　小野川は命じた。

「海辺新田に芝居小屋を移すこと、公儀で決まったのですか」

　声が上ずりそうになったが前田は自分を宥めて言った。

「うむ、そろそろ決まるであろう」

　小野川は一瞬言葉尻を濁らせた。

前田は首を傾げた。

「いかがした」

小野川は問いかけた。

「公儀の許しなしでは後でまずいことになりはしませんか」

前田は危惧を示した。

「その辺のところは心配ない」

小野川は言ったが、

「小役人と嘲られるかもしれませぬが、わたしはどうしても法度(はっと)、規則というものに縛られます。公儀の御認可なく勝手に事業を進めてよろしいものかと気になってしまいます」

いかにも危うそうに前田は言った。

小野川は思案するように言葉を止めていたが、

「ならば申す。海辺新田で行うのは芝居小屋移転に備えての準備である。小屋を造作すると申しても、その準備ということじゃ。よって、万が一、いや、よもや、そんなことにはなるまいが、芝居小屋の移転の認可が下りなくても咎められることはない」

と、謎めいたことを言った。

「と、おっしゃいますと、一体、小屋はなんのために作るのですか」

「飢饉に備えての備蓄じゃ。江戸は火事が多い。いつ大火が起き、江戸中が火の海になってもおかしくはない。その備えじゃ」

「では、米や銭、金を備蓄しておくのですね」

「それればかりではない。金になるもの……そなたも存じておるように、三浦半島の三崎村の代官陣屋から押収した品々、これをな、一旦、海辺新田の小屋に納める」

小野川は言った。

「納めていかがするのですか」

前田は目を凝らした。

「売りさばく」

小野川は言った。

「それは」

前田が戸惑いを示すと、

「むろん、売上は海辺新田開発の資金とする。さすれば、効率がよいというものだ」

小野川は自信を示した。

「なるほど、公儀もそれで小野川さまの手腕を一層高く評価なさることでしょう」

前田は納得した。

「ならば、そなたは、海辺新田の小屋の管理をしっかりと行え」

小野川は命じた。

「承知しました」

前田は平伏した。

「さて、忙しくなるぞ」

小野川は立ち上がった。

六

二十日の昼、兵部の道場に前田がやって来た。右目の周りの腫れはひき、見られる顔になっている。

支度部屋で兵部は応対をした。

「小野川さまの企てがわかりました」

殊勝な顔で前田は切り出した。

兵部は顎を掻きながらうなずく。

「海辺新田に盛り場を作る前に建屋を築いています。そこには三浦半島三崎村の代官陣屋にある模造小屋で造作された模造品が運び込まれました」

その品々の管理を前田は任された。

「贋物の管理か。小野川は贋物を売ろうというのだな」

兵部は言った。

「その腹積もりです。二十五日に大々的な競りを行うそうです」

前田は言った。

「競りに参加するのは大店の商人どもか」

兵部の問いかけに、

「そのようです」

答えたものの前田は不安そうだ。

「どうした」

兵部は前田の不安を見逃さない。

「それが、骨董好きの分限者はそれなりの目利きです。贋物全てを見抜くことはできなくても、あるいは、贋物とわかっていてもいくつかは買うでしょうが、それ程は売れないでしょう。そこで、小野川は西洋人を招き入れ、そこで一気に売りさばこうと考えておるのです」

前田は言った。

「小野川から聞かされたのか」

兵部の問いに前田は頭を振り、

「小野川と羅門がこそこそと話しているのを立ち聞きしたのです」

「でかした」

兵部は褒めた。

「世を欺く悪行に加担したくはありません」

毅然と前田は言った。

「その意気だ」

兵部はうなずく。

「二十五日に競りが行われます。どうしましょう。このまま見過ごすわけにはいきません」

正義感に駆られたようで前田は小野川への怒りと嫌悪を露わにした。

「必ず潰す」

兵部は闘志をみなぎらせた。

「それと、もうひとつ大きな心配があるのです」

前田は暗い表情となった。それを見れば、贋物の売買だけではない、小野川の企てを窺わせる。

「なんだ」

「杞憂かもしれません」

「構わぬ。腹に仕舞っておくな」

兵部は促した。

考え違いかもしれませんが、と前田は前置きをして、

「三崎村の代官陣屋で贋物造作に従事した者たちなのですが、小野川はみなの働きを慰労すると海辺新田に呼び寄せたのです」

「なるほど、あんたの心配が読めたよ」

兵部は言った。

前田は恐ろし気な顔をしながら兵部を見返す。

「海辺新田でそうした者たちの口を封じようという魂胆だな」

兵部の推測に、

「考えたくはないのですが、彼らに生きていられては不都合です。小野川はきっと始

末します」

首を左右に振りながら前田は言った。

「とんでもない野郎だな」

兵部も怒りを滾らせた。

「お願いします。なんとしても小野川の企てを止めてください」

前田は頭を下げた。

「任せておけ」

胸を張り、兵部は請け負った。


前田が帰ってから兵部は左膳を呼び、庄右衛門に大峰家の家臣たちを集めさせた。

「いよいよ、悪党を成敗する時がきたぞ」

兵部が告げると川上庄右衛門以下、十人の門人たちは眦を決した。

「敵は異形の者、正々堂々とした手合わせなどは期待せぬことだ。要するに斬ればよい。技だの構え（かま）だのにはこだわるな」

兵部が言うと、

「先生、では、これまでの先生のご指南を役には立てられなくなります」

庄右衛門が困った顔で言い立てた。

十人の中には庄右衛門同様に疑念を抱く者もいた。

兵部は臆することなく、

「それは今後、そなたらが各々武芸を磨く上で役立てればよい。今回の刃傷沙汰においては、必要なのは体力だ。走れ、とにかく走って敵を翻弄するのだ」

「翻弄……」

庄右衛門は首を捻った。

「そうじゃ。逃げろ、逃げるのだ。敵の相手になってはならぬ」

「それでは、卑怯ではありませぬか」

庄右衛門は顔をしかめた。

「卑怯者になれ。そうでないと、敵には勝てぬ。逃げるが勝ちだ」

兵部は拳を振り上げた。

「逃げるが勝ち……中々、含蓄（がんちく）がございますな」

庄右衛門は感心してみなを見回した。

みな、口々に疑問と戸惑いを交わし合った。

庄右衛門が、

「それで、我らにはひたすらの素振りと石段の上り下りをさせたのですな。しかも、鎧（よろい）を着させて」

と、言った。

「父の助言だ」

兵部は左膳を見た。

みなの視線を受け左膳は口を開いた。

「敵と刃を交わしてみて考えたのじゃ。敵は敏捷、軽業のような動きをする。刀で相手になろうとしても、まともな立合いなどはできぬ。それならば、敵の動きに合わせることはない。敵は、我らを武士らしく堂々たる剣で立ち向かってくると思うであろう。それをこちらが欺いてやるのじゃ」

左膳は言った。

これを受け、

「敵をとことん嘲ってやろうではないか」

兵部は言った。

「承知しました」

庄右衛門は目を見開いた。

「頼むぞ。邪は正に勝たず。正は邪に勝つのだ」

左膳はみなを励ました。

「おお！」

庄右衛門が雄叫びを上げると十人も大音声で気勢を上げた。

「海辺新田は町方の管轄外だ。だから、我らで始末をつける」

断固とした決意の目で左膳は告げた。

七

弥生二十五日の昼、左膳と兵部、それに銀之助は海辺新田にやって来た。

左膳は黒小袖に黒の裁着け袴を身に着け、手には傘を持っている。兵部は紺の道着姿である。

灌木が散在する荒れ地に大きな講堂のような建物がある。周囲には堀を巡らせようとしている。

海風に吹き晒されながら、

「二町四方といったところだな」

兵部が言った。

この区画を盛り場とするということは、小野川の企ての壮大さを物語っている。

「魚河岸、芝居小屋、遊郭、料理屋、見世物小屋、そして賭場を集めるということか」

左膳は苦笑した。

「盛り場が出来上がる前にあの講堂を建てたというのは、前田の話では贋物の競りを行うとか」

兵部は講堂を見た。

左膳と兵部は灌木の陰に潜んだ。

程なくして講堂にぞろぞろと商人風の男たちが入っていった。贋物を買いに来た好事家たちだろう。

彼らは贋物だと承知してはいまい。目利きのできる者が贋物だと気づいたとしても、骨董好きは掘り出し物を見出すのを無上の喜びとする。贋物の中に思いもかけない逸品があると期待して競りに参加するのではないか。

男たち全てが講堂に入ったところで、船が二艘、浜辺に着けられた。船には川上庄右衛門以下、大峰家の家臣たち十人が乗っている。彼らも兵部同様に紺の道着に身を包み、額には鉢金を施していた。

庄右衛門以下、腰を屈め、小走りに左膳たちの側にやって来た。みな、緊張の面持ちだ。

「いいか、ひたすら逃げろよ」

兵部が念押しをした。

十人は無言でうなずいた。


兵部が先頭に立ち、左膳を含む十一人は散開しながら講堂に近づいた。

閉じられた観音扉の前には雪駄（せった）が並んでいた。

兵部は階（きざはし）を駆け上がり観音扉を開き、雪駄履きのまま中に入った。

左膳は庄右衛門以下の十人を階の下に待機させて兵部に続いて中に入った。

板敷が広がる大広間に多数の台が並べられ、壺、掛け軸、皿、茶碗などが品目別に陳列されており、その周辺を好事家が取り巻いている。

左膳と兵部に気づき小野川が近づいて来た。

「親子でお越しじゃが、本日は招待客のみですぞ」

小野川は剣呑（けんのん）な目で告げた。

「贋物なんぞ、たとえ千利休所縁の茶碗を無償でくれると言われてもまっぴら御免だ」

兵部は返すや大刀を抜き、目の前の陳列台の側に立った。次いで、大刀を横に一閃させた。五つ並べられた壺が粉々になった。

好事家たちは悲鳴を上げ、兵部の周りから逃げ去る。

「見ろ！　本物だったら粉々にはならないぞ。手間暇かけず、形や紋様を似せてこしらえた贋物だ」

兵部は大広間中に響く、大声で語りかけた。

集まった客たちは動揺しているものの、どう対応していいのか戸惑い、立ち尽くすばかりだ。

「目を覚ませ！」

続いて兵部は別の陳列台に並べられた皿を大刀で破壊した。いずれの皿ももろくも崩れ去る。

好事家たちは口々に疑念を言い立てた。

小野川は目を吊り上げ、

「断りもなく土足で足を踏み入れ、貴重なる名物を壊す不埒な輩め。成敗致す」

と、言うと、「出会え！」と叫び立てた。

羅門甲陽斎率いる暁衆がやって来た。今日は異形の五人だけではなく、黒装束に身を固めた男が十人ばかり加わっている。十人は特殊な武器ではなく大刀を抜き放った。

「出てゆけ！」

左膳は好事家たちに声をかけた。

弾かれたように好事家たちは観音扉に向かった。左膳が観音扉まで先導した。好事家たちが講堂から逃げ出したのを見届け、

「入って来い。思う様逃げるのだ」

と、庄右衛門たちに声をかけた。

庄右衛門以下十人は抜刀するや勇んで階を駆け上がり講堂の中に駆け込んだ。

暁衆は目を見張り立ち尽くしたが、すぐに刃をかざし、庄右衛門たちに向かった。

庄右衛門たちは斬りかかると見せたがくるりと背中を向け、逃げ出した。暁衆が追いかける。

庄右衛門たちはばらばらになって広間内を逃げ惑う。陳列台にぶつかり品々が台と共に倒れ、大広間内は混乱を極めた。庄右衛門たちは大広間内を引っかき回し、暁衆を翻弄した。

逃げる一方の庄右衛門たちを意地になって暁衆が追いかける。次第に暁衆の息が上がり、立ち止まる者が現れた。

「よし、引き揚げろ」

左膳が命じると庄右衛門たちは素早く講堂から出ていった。

疲労の色が濃い暁衆に向かって兵部は大刀を頭上でぶるんと振り回した。暁衆は遠巻きに見ていたが、

「かかれ！」

羅門の命令で大刀を振り上げた侍たちが兵部に迫った。へたばっている上に車輪の如き勢いで振り回す兵部の大刀に阻まれ近づくことができない。それでも羅門に叱咤され、四人が前後左右から突っ込んで来た。

「おう！」

兵部は雄叫びを上げ、敵に向かうと右に左に大刀を払った。敵は大刀を弾き飛ばされ、右往左往した。

間髪容れず、今度は左前から迫る敵の腕を斬り落とした。敵は悲鳴を上げ、板敷をのたうった。

更に兵部は男の胸に突きを繰り出した。男は串刺しとなり、口から血を吐き出す。

兵部はさっと大刀を引き抜き、次の敵の顔面を切り裂いた。柘榴のような形相を呈し、男は板敷に倒れ伏した。

残る敵は呆然と立ち尽くし、兵部に睨まれただけで逃げ去った。


その間、左膳は天狗面の男と宙返りを繰り返す男に向かった。持参の傘を開き、二人との間合いを詰める。大刀を右手、傘の柄を左手で持ち、くるくると回転させる。

そこへ、独楽と十字手裏剣が飛んできた。独楽も十字手裏剣も傘で弾き飛ばされた。

左膳は二人の前に到るや右手の大刀を突き出した。天狗面の男の咽喉を刺し貫く。間髪容れず、切っ先を引き抜きもう一人の胸を刺した。

二人の鮮血が傘に飛び散った。

その直後、傘が炎に包まれた。

達磨のような男の仕業だ。

左膳は傘を捨て、大刀の柄を両手で持ち、八双に構えた。

兵部が達磨男に向かおうとしたが、火を噴かれ阻まれた。

左膳と兵部は左右に離れた。達磨男は左膳か兵部、どちらを火達磨にしようか迷っていた。そこへ、どこからか長助が駆け込んで来た。長助は桶を両手で抱えている。

桶の中は海水がたゆたっていた。

長助は桶の水を達磨男にぶっかけた。

びしょ濡れとなった達磨男は火を噴けない。すかさず、兵部が駆け寄り達磨男を袈裟懸けに斬り下ろした。

達磨男は水溜まりの中に倒れた。

次いで、左膳に青龍刀が飛んできた。しかし、勢いがない。庄右衛門たちを追いかけた疲れで本来の力を発揮できないようだ。

難なく青龍刀を左膳は大刀で叩き落とし、敵の懐に入るや剛直一本突きを繰り出した。切っ先が咽喉を貫いた。

続いて刺し貫いたまま左膳は進み、短刀二本をお手玉のように操っている男に向かった。男は短刀を投げたが二本とも青龍刀男の背中に突き刺さった。

武器をなくした敵は逃亡を図ったが左膳の突き技に仕留められた。大刀が二人の男を串刺しにしたのだ。

残るは羅門甲陽斎である。

羅門は薄笑いを浮かべるや懐中から黒い塊を取り出した。短筒である。

「刀を捨てろ」

短筒の先が左膳に向けられた。蛇の頭のような筒先が篝火(かがりび)に怪しく光り、今にも弾丸が飛び出て左膳をあの世へと送りそうだ。

兵部は大刀をそっと板敷に置いた。左膳も大刀を捨てる。

「よし、それでいい。では、どちらから冥途(めいど)に送ってやるか」

羅門は筒先を左右に揺らした。

と、次の瞬間、左膳は左手で脇差を抜き羅門に向かって投げつけた。短筒が轟音を響かせた。

脇差は羅門の身体を外れて板敷に転がった。それでも、視線が左膳と兵部からそれた。

阿吽(あうん)の呼吸で左膳と兵部は飛び出し、板敷に転がる大刀を手に取り、羅門の左右から突きを放った。

羅門の手から短筒が落下する。

左膳と兵部の大刀の切っ先が左右から羅門の首を刺し貫いた。

羅門の両目が見開かれ、尖った禿頭が力なく揺れるのを見届け、左膳と兵部は大刀を引き抜いた。

羅門は仰向けに倒れ、絶命した。

大広間の隅で小野川が尻餅をついていた。

「勘定奉行さん、年貢の納め時だよ」

兵部は嘲笑を放った。

卯月の十日、若葉が芽吹き、心地よい薫風が頬を撫でる。左膳と白雲斎は小春の小座敷で飲食を楽しんだ。

海辺新田の講堂には贋物の他に贋金も見つかった。更には三崎村代官陣屋の模造小屋で贋金、贋物作りに携わった者たちも摘発され、小野川出雲守の不正とそれをもみ消そうとした御側御用取次林田肥後守の罪が明らかとなった。

白雲斎は評定所に呼ばれることはなくなった。左膳の働きに感謝した白雲斎は奮発して初鰹を食膳に供してくれた。

春代がたたきと刺身に料理をした。

「目には青葉、山ほととぎす、初鰹……じゃのう」

目を細め白雲斎は山口素堂の有名な句を口ずさんだ。白雲斎が箸をつけるのを待ちかねたように見定め、左膳も一切れを箸で摘まみ、辛子味噌を付けた。

生唾が湧いた口の中に入れると目を瞑って咀嚼した。辛子味噌の甘辛さが鰹のうま味を引き出している。飲み込んだところを酒で追いかけた。

「美味い……」

ありふれた言葉と共に笑みがこぼれた。

そこへ春代が顔を出し、左膳に紙包みを差し出した。開けると鮮やかな紅色の飴があった。

はっとして左膳は春代を見返した。

春代はいつかいらした行商人さんが左膳に渡して欲しいと置いていった、と話した。

左膳は白雲斎に、「失礼致します」と中座をわび、小座敷を出ると店を突っ切り、表に出た。

風呂敷包みを背負い、しっかりとした足取りで遠ざかっていく行商人が目に映った。まごうかたなき河津五平次だ。

五平次は生きていた。

美鈴を助け出してから、これ以上の迷惑はかけられない、と左膳宅には戻らなかったのだろう。

目に沁みる新緑を見ながら、五平次は御庭番の御用で何処かへ出向くのだろう。林田に代わる御側御用取次の下で……。
左膳は五平次の幸運を願わずにはいられなかった。

二見時代小説文庫

贋作の野望　罷免家老 世直し帖6

二〇二三年　四　月二十五日　初版発行

著者　瓜生颯太

発行所　株式会社　二見書房
〒一〇一-八四〇五
東京都千代田区神田三崎町二-一八-一一
電話　〇三-三五一五-二三一一［営業］
〇三-三五一五-二三一三［編集］
振替　〇〇一七〇-四-二六三九

印刷　株式会社　堀内印刷所
製本　株式会社　村上製本所

落丁・乱丁本はお取り替えいたします。定価は、カバーに表示してあります。

©S. Uryu 2023, Printed in Japan.
ISBN978-4-576-23038-2
https://www.futami.co.jp/

瓜生颯太

罷免家老　世直し帖

シリーズ

以下続刊

①罷免家老　世直し帖1　傘張り剣客
②悪徳の栄華
③亡骸は語る
④山神討ち
⑤極悪の秘宝
⑥贋作の野望

出羽国鶴岡藩八万石の江戸家老・来栖左膳は、戦国以来の忍び集団「羽黒組」を束ね、幕府老中となった先代藩主の名声を高めてきた。羽黒組の諜報活動活用と自身の剣の腕、また傘張りの下士への奨励により藩を支えてきた江戸家老だが、新任の若き藩主と対立、罷免され藩を去った。だが、新藩主への暗殺予告がなされるにおよび、来栖左膳の武士の矜持に火がついて……。

二見時代小説文庫

藤 水名子

古来稀なる大目付

シリーズ

①古来稀(まれ)なる大目付 まむしの末裔
②偽りの貌
③たわけ大名
④行者と姫君
⑤猟鷹(りょうよう)の眼
⑥知られざる敵
⑦公方天誅(てんちゅう)
⑧伊賀者始末

「大目付になれ」──将軍吉宗の突然の下命に、一瞬声を失う松波三郎兵衛正春だった。蝮(まむし)と綽名された戦国の梟雄・斎藤道三の末裔といわれるが、見た目は若くもすでに古稀を過ぎた身である。「悪くはないな」──冥土まであと何里の今、三郎兵衛が性根を据え最後の勤めとばかり、大名たちの不正に立ち向かっていく。痛快時代小説！

藤 水名子

剣客奉行 柳生久通 シリーズ

完結

①獅子の目覚め
②紅の刺客
③消えた御世嗣
④虎狼の企み

将軍世嗣の剣術指南役であった柳生久通は老中松平定信から突然、北町奉行を命じられる。一刀流免許皆伝とはいえ、市中の屋台めぐりが趣味の男にはあまりに無謀な抜擢に思え戸惑うが、能ある鷹は爪を隠す、昼行灯と揶揄されながらも、火付け一味を一刀両断！ 大岡越前守の再来!?微行で市中を行くのは、一刀流免許皆伝の町奉行！

二見時代小説文庫

藤 水名子

隠密奉行 柘植長門守 シリーズ

完結

伊賀を継ぐ忍び奉行が、幕府にはびこる悪を人知れず闇に葬る！

① 隠密奉行 柘植（つげ）長門守（ながとのかみ） 松平定信の懐刀
② 将軍家の姫
③ 大老の刺客
④ 薬込役の刃
⑤ 藩主謀殺

旗本三兄弟事件帖

完結

① 闇公方（やみくぼう）の影
② 徒目付（かちめつけ） 密命
③ 六十万石の罠

与力・仏の重蔵

完結

① 与力・仏の重蔵 情けの剣
② 密偵（いぬ）がいる
③ 奉行闇討ち
④ 修羅の剣
⑤ 鬼神の微笑

女剣士 美涼

完結

① 枕橋の御前
② 姫君ご乱行

藤 水名子

火盗改「剣組」シリーズ

① 鬼神 剣崎鉄三郎
② 宿敵の刃
③ 江戸の黒夜叉

《鬼平》こと長谷川平蔵に薫陶を受けた火盗改与力剣崎鉄三郎は、新しいお頭・森山孝盛のもと、配下の《剣組》を率いて、関八州最大の盗賊団にして積年の宿敵《雲竜党》を追っていた。ある日、江戸に戻るとお頭の奥方と子供らを人質に、悪党たちが役宅に立て籠もっていた…。《鬼神》剣崎と命知らずの《剣組》が、裏で糸引く宿敵に迫る！

二見時代小説文庫

大久保智弘

天然流指南 シリーズ

①竜神の髭（ひげ）
②竜神の爪
③あるがままに

内藤新宿天然流道場を開いている酔狂道人洒楽斎（しゃらくさい）は、五十年配の武芸者。高弟には旅役者の猿川市之丞、深川芸者の乱菊がいる。市之丞は抜忍（ぬけにん）の甲賀三郎で、七変化を得意とする忍びだった。乱菊は「先読みのお菊」と言われた勘のよい女で、舞を武に変じた乱舞（らんぶ）の名手。塾頭の津金仙太郎は甲州の山村地主の嫡男で江戸に遊学、負けを知らぬ天才剣士。そんな彼らが諏訪（すわ）大明神家子孫が治める藩の闘いに巻き込まれ……。

二見時代小説文庫

大久保智弘

御庭番宰領 シリーズ

①水妖伝
②孤剣、闇を翔ける
③吉原宵心中
④秘花伝
⑤無の剣
⑥妖花伝
⑦白魔伝

「生きていくことは日々の忘却の繰り返しなのか」——無外流の達人鵜飼兵馬（うかいひょうま）は〃公儀隠密の宰領〃と〃頼まれ用心棒〃として働く二つの顔を持つ。公儀御用の務めを果たし、久し振りに江戸へ戻った兵馬に、早速、用心棒の依頼が入った。呉服商葵屋の店主吉兵衛からである。その直後、番頭が殺され、次は自分の番だと言う。そしてそれが、奇怪な事件と謎の幕開けとなって……。